W9-AGB-455

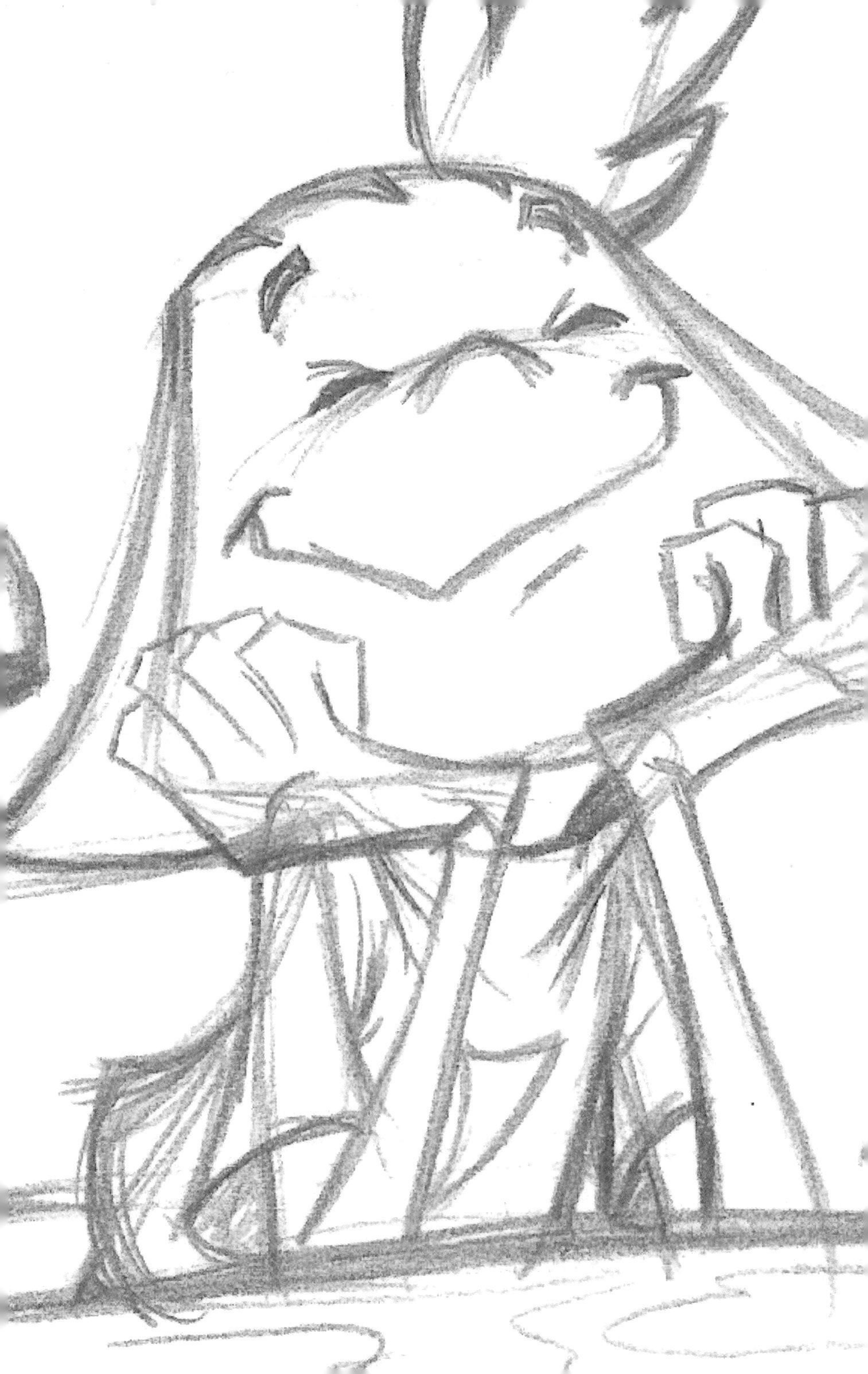

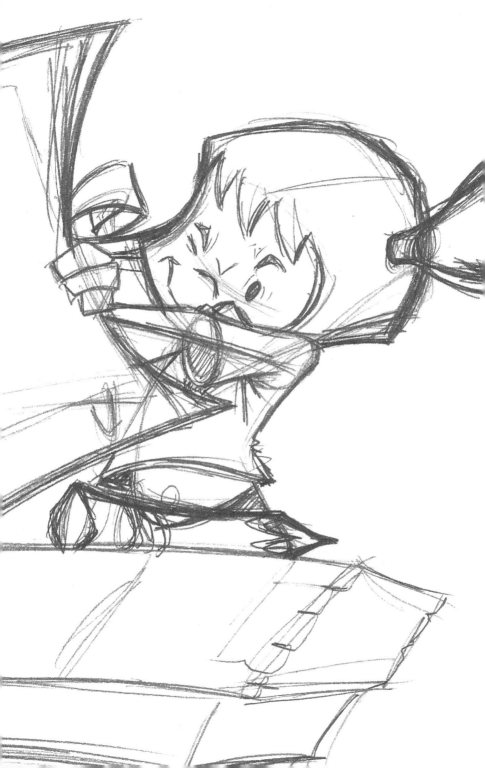

Myra y el enredo del dibujo

A Tyler, nuestro mejor proyecto y nuestro mentor de la diversión.-- RR

A Papá, Mamá, y a Kevyn, por ser grandes mentores en la vida y el arte.- MJM

Todos los niños son artistas. El problema es cómo seguir siendo artista cuando creces. ~ Pablo Picasso

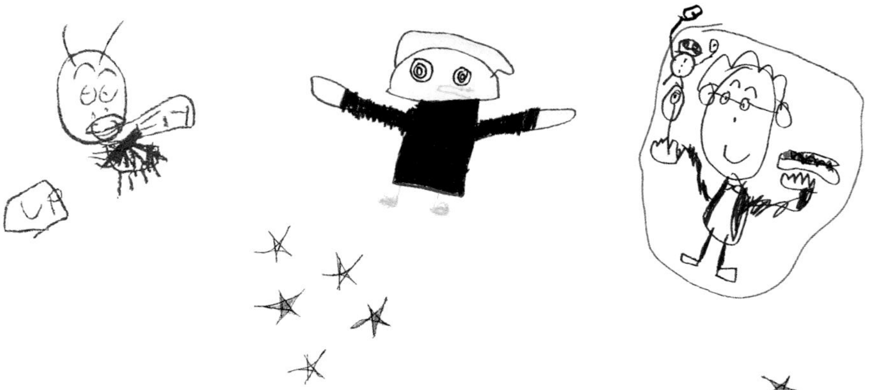

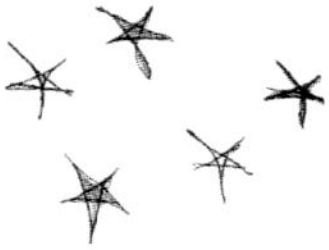

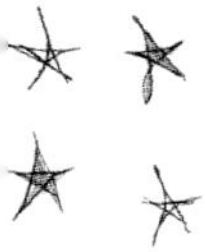

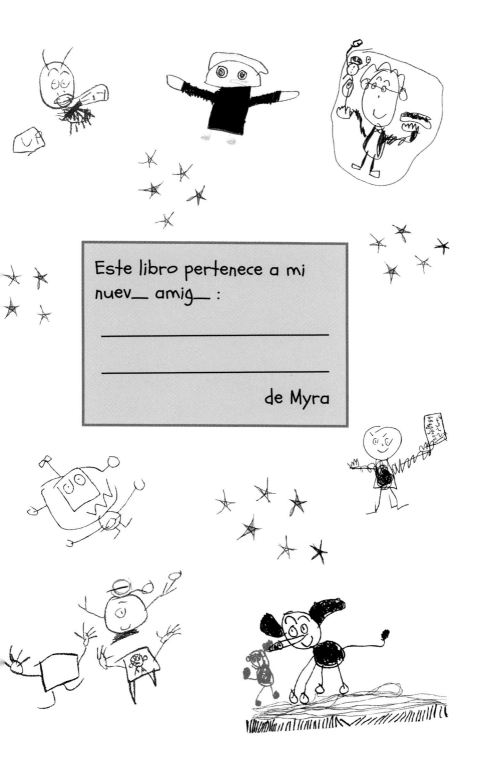

Este libro pertenece a mi nuev_ amig_ :

____

____

de Myra

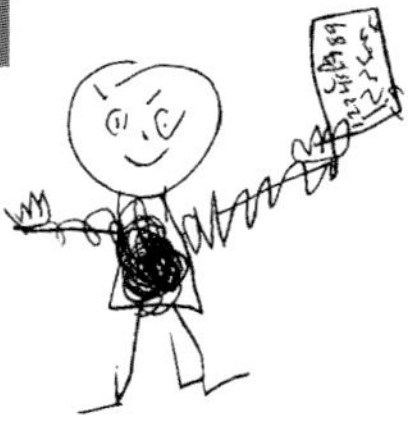

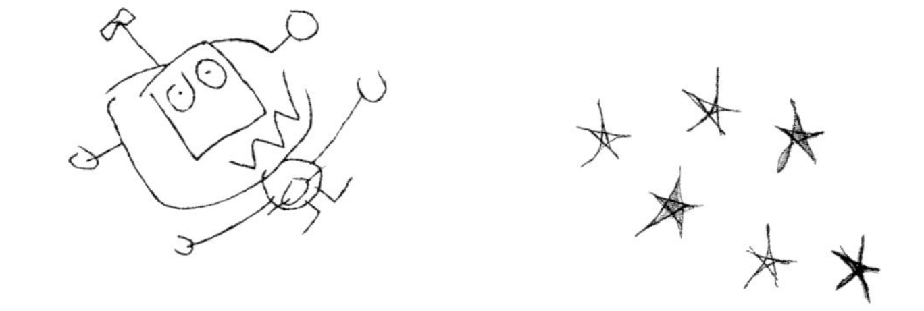

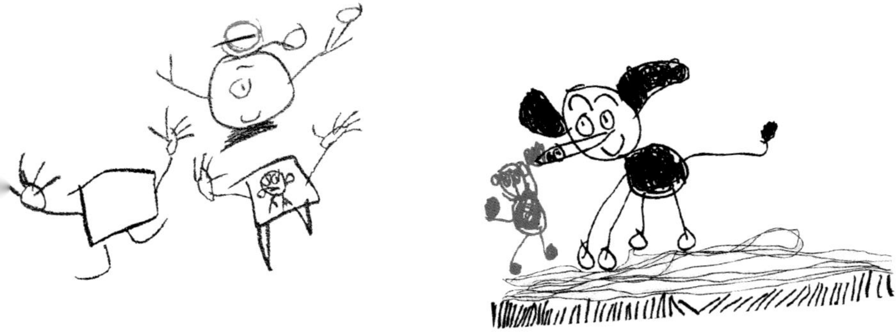

Myra y el enredo del dibujo

© Derechos de autor 2022 Imagine & Wonder Publishers, New York
Reservados todos los derechos. www.imagineandwonder.com
ISBN: 9781637610152 (Tapa Dura)
Número de la Biblioteca del Congreso: 2021944115

Tu garantía de calidad

Como editores, nos esforzamos por producir cada libro con los más altos estándares comerciales. La impresión y encuadernación se han planificado para garantizar una publicación sólida y atractiva que debería brindar años de diversión. Si su copia no cumple con nuestros altos estándares, infórmenos y con gusto la reemplazaremos. admin@imagineandwonder.com

Impreso por **Versa Press, Inc.**

Arte adicional de Tyler Menjivar

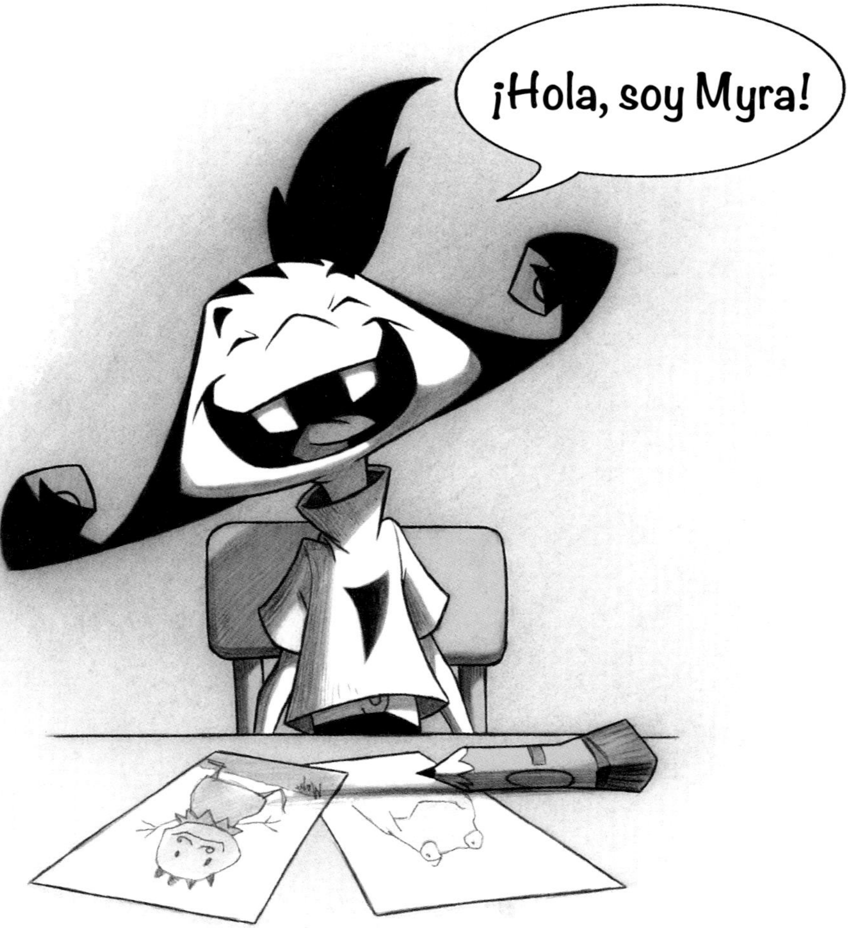
¡Hola, soy Myra!

¿Alguna vez has creado algo que SABÍAS que era increíble? Yo lo hice y también creé algo más. Un montón de drama.

Fue el día en que el Sr. Punchinello hizo un gran anuncio...

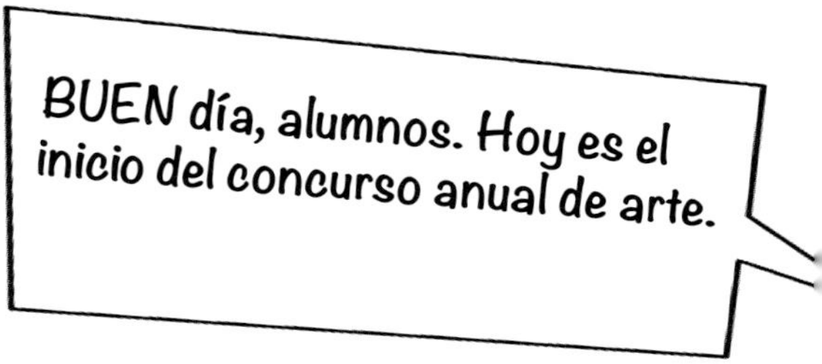
BUEN día, alumnos. Hoy es el inicio del concurso anual de arte.

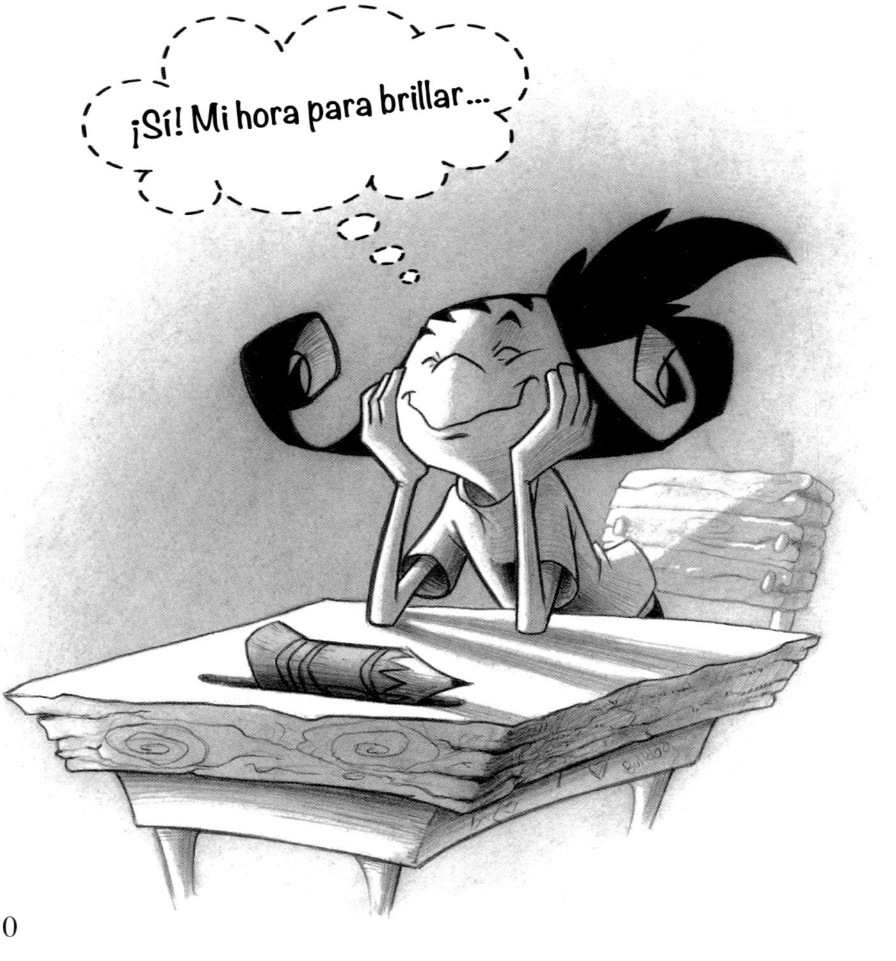
¡Sí! Mi hora para brillar...

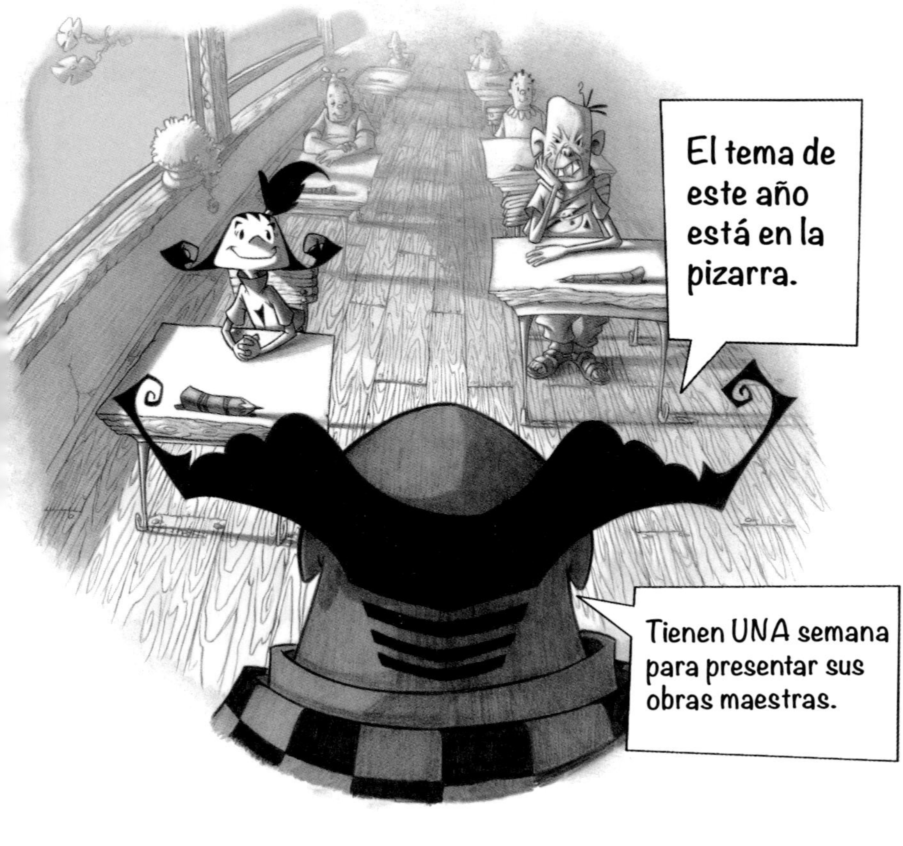
El tema de este año está en la pizarra.
Tienen UNA semana para presentar sus obras maestras.

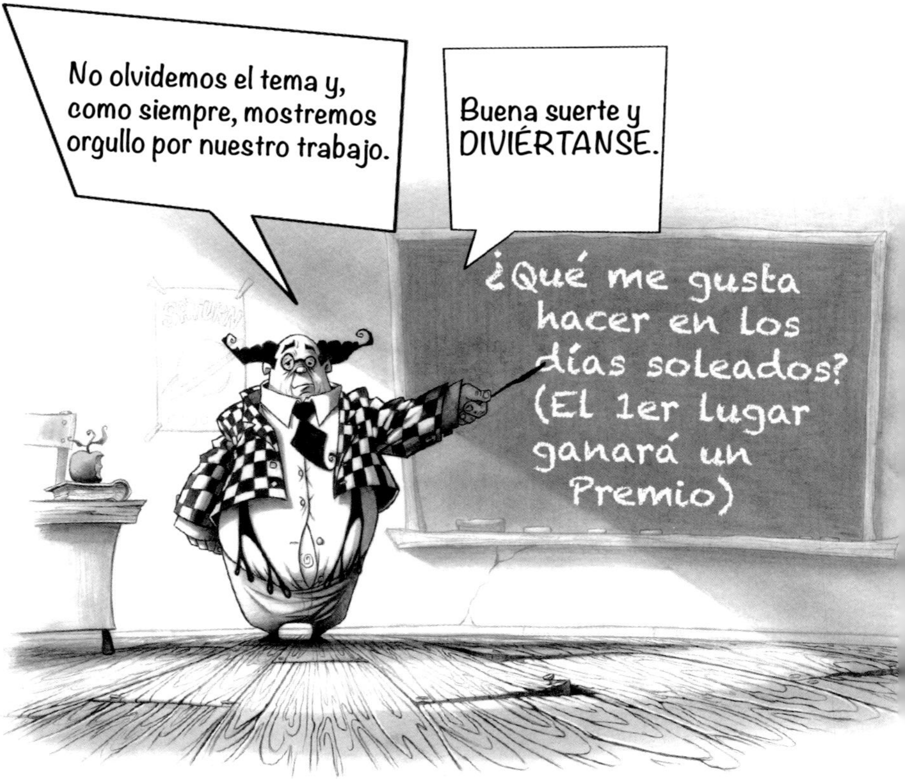
No olvidemos el tema y, como siempre, mostremos orgullo por nuestro trabajo.
Buena suerte y DIVIÉRTANSE.
¿Qué me gusta hacer en los días soleados? (El 1er lugar ganará un Premio)

Adivina quién estaba lista para ganar el premio mayor del concurso de arte. Así es...

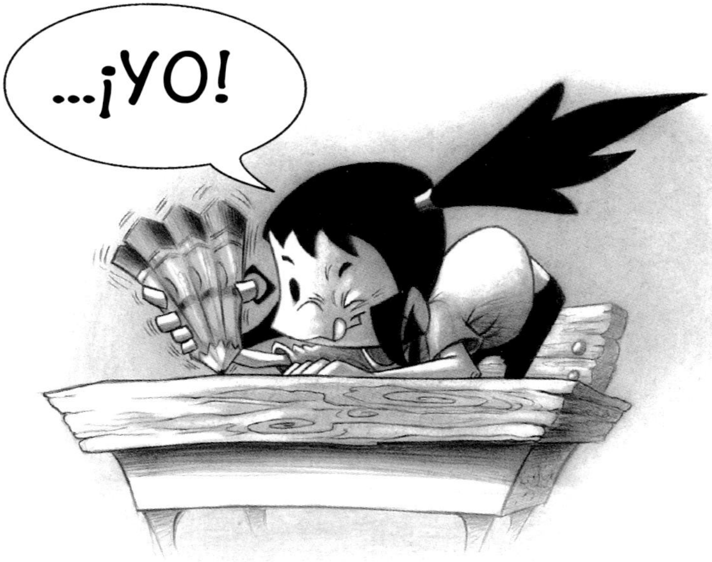
...¡YO!

Estaba dibujando tan rápido....

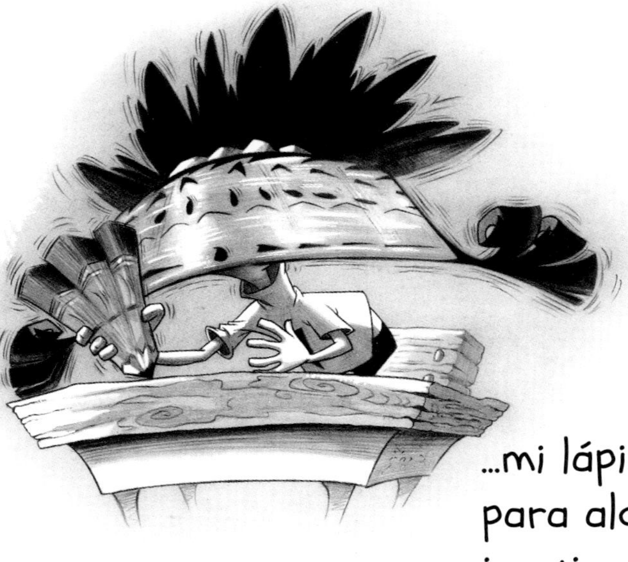

...mi lápiz corrió para alcanzar mi imaginación.

Repetí mi dibujo una y otra vez,

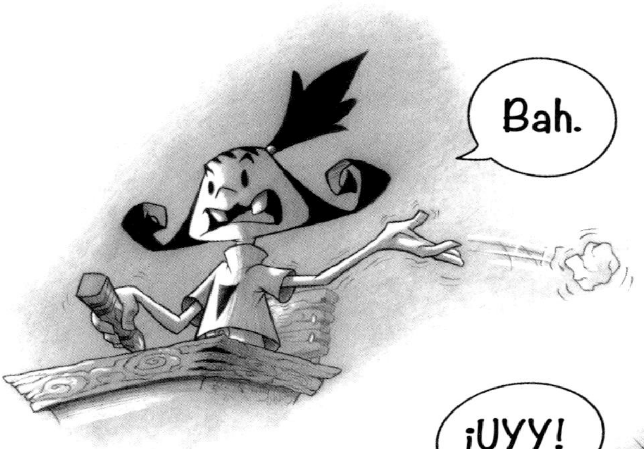
Bah.

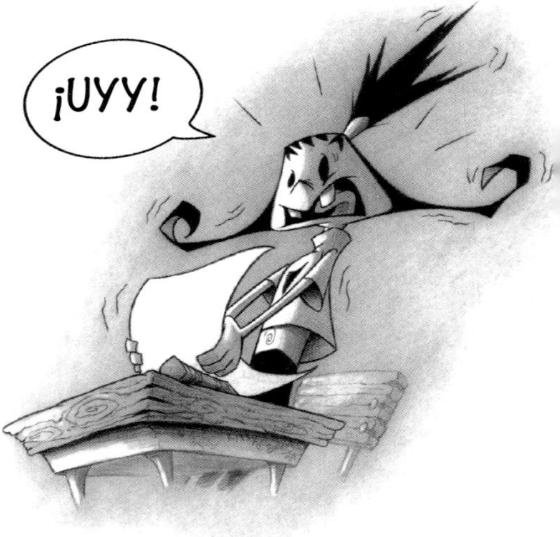
¡UYY!

y OTRA

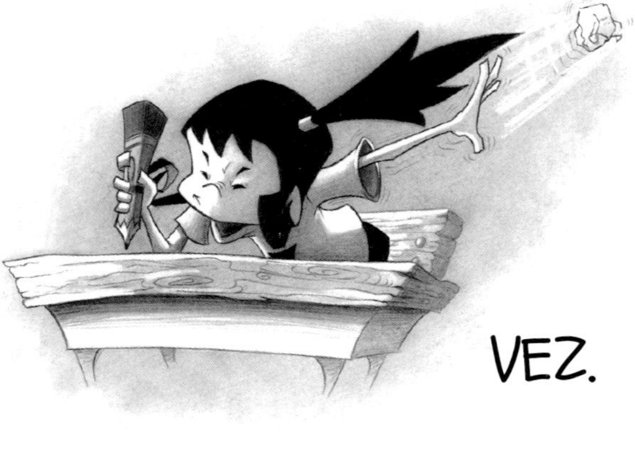

VEZ.

El trabajo duro forma parte de ser un artista. A veces, también lo es la competencia.

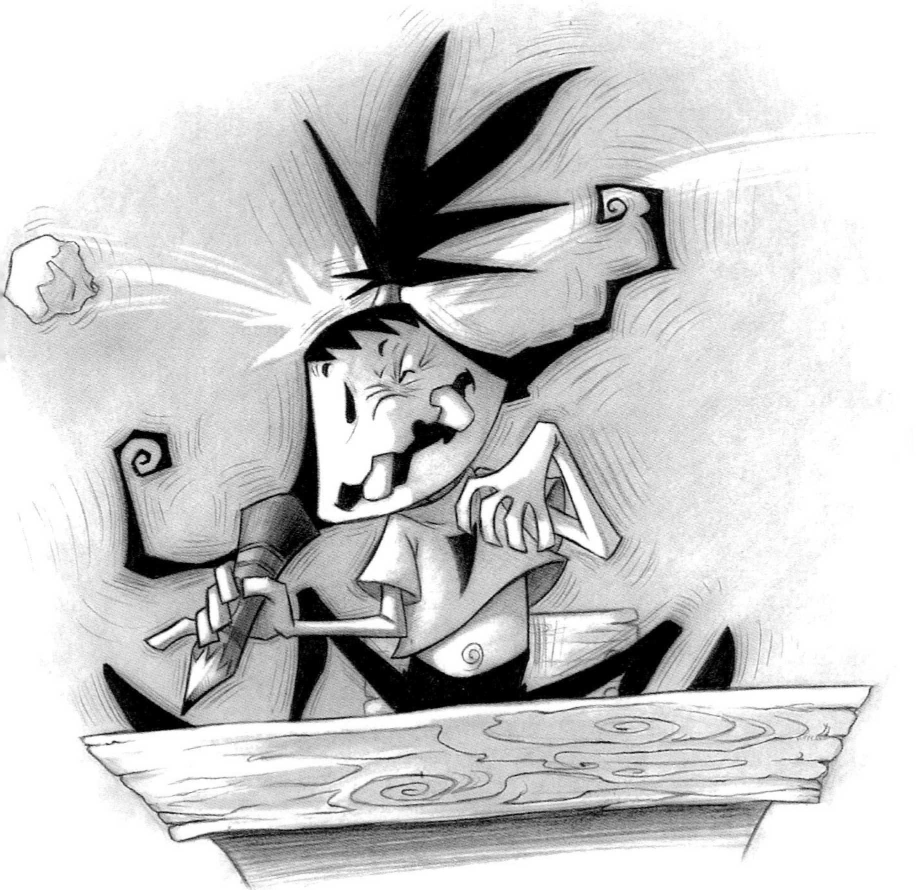

Pero está bien.

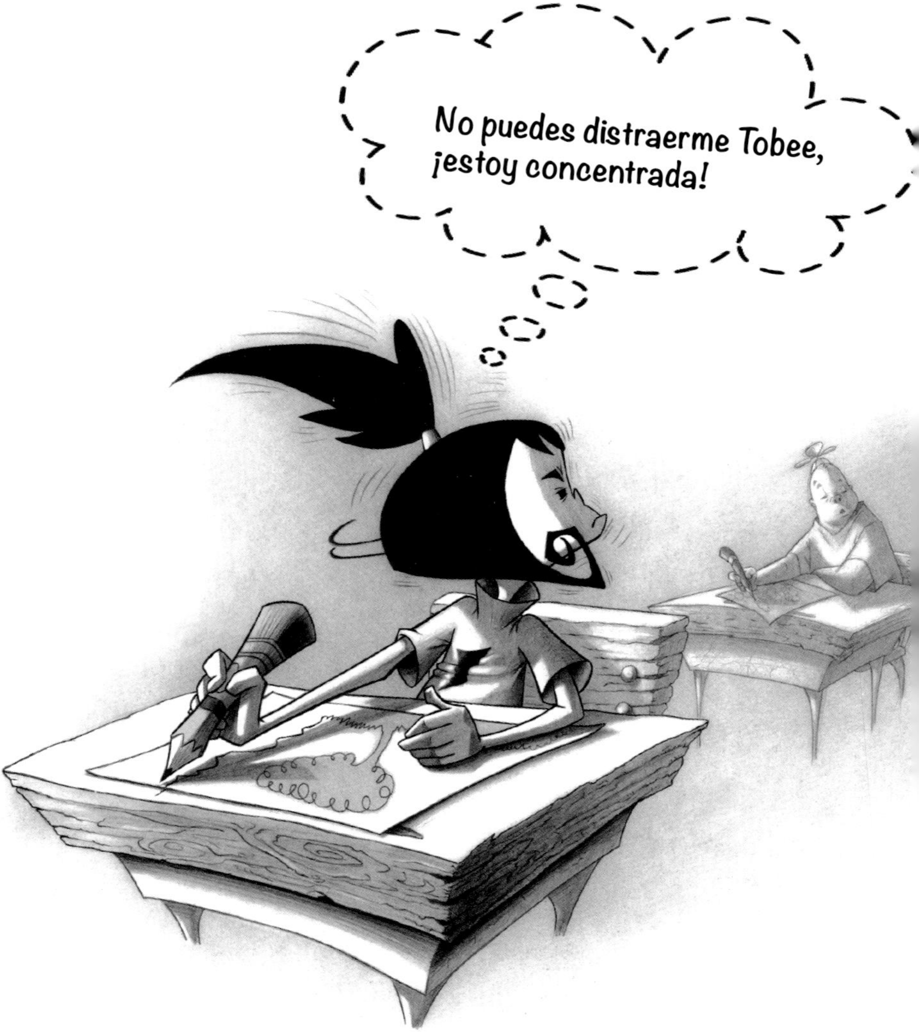
No puedes distraerme Tobee,
¡estoy concentrada!

Este es Tobee. El convierte TODO en una competencia conmigo.

No importa, porque no pierdo de vista el premio.

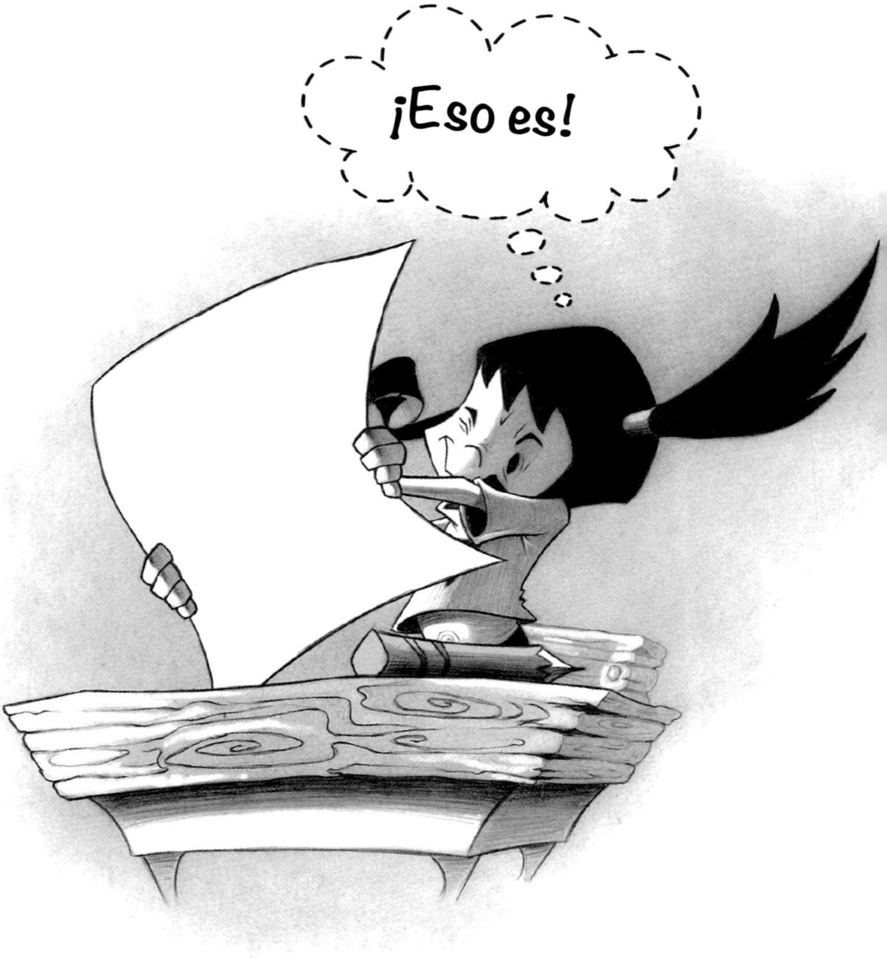
¡Eso es!

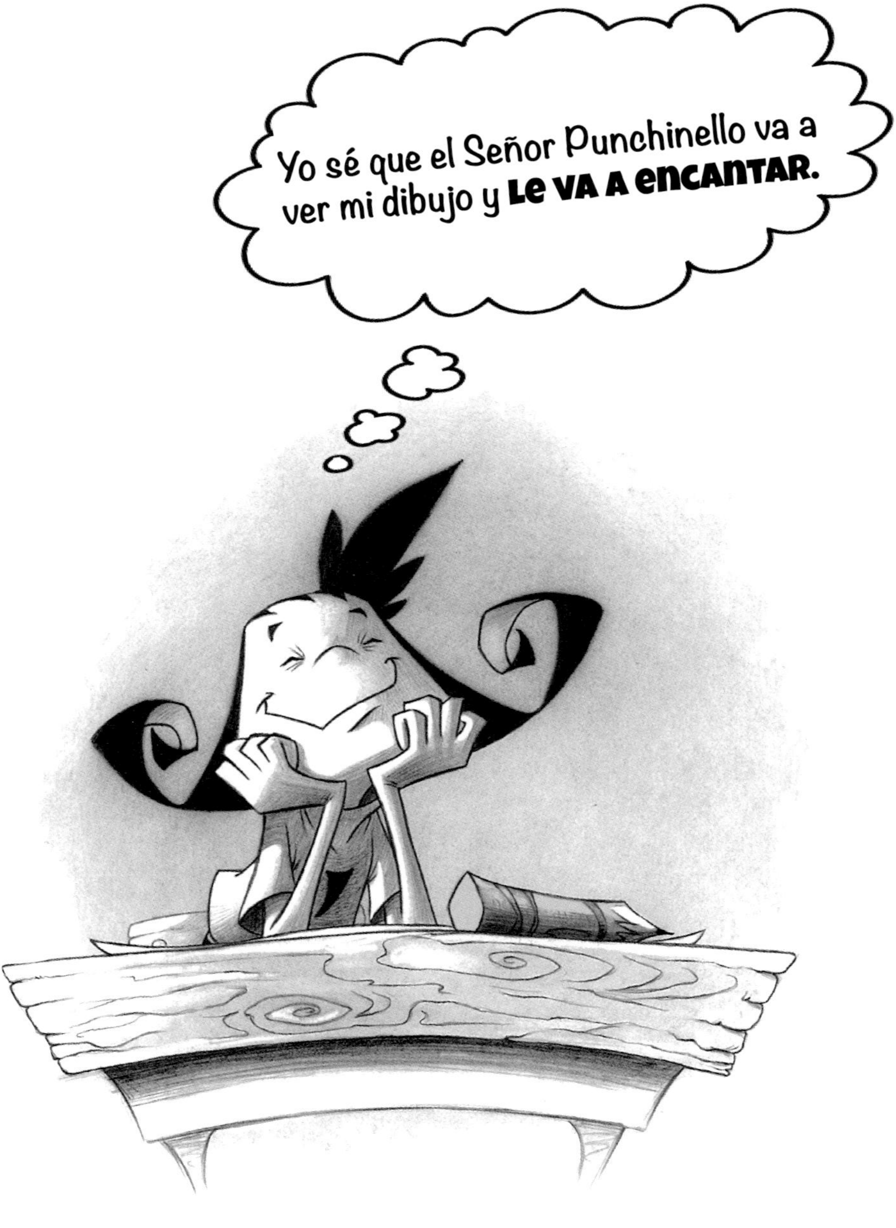
Yo sé que el Señor Punchinello va a ver mi dibujo y LE VA A ENCANTAR.

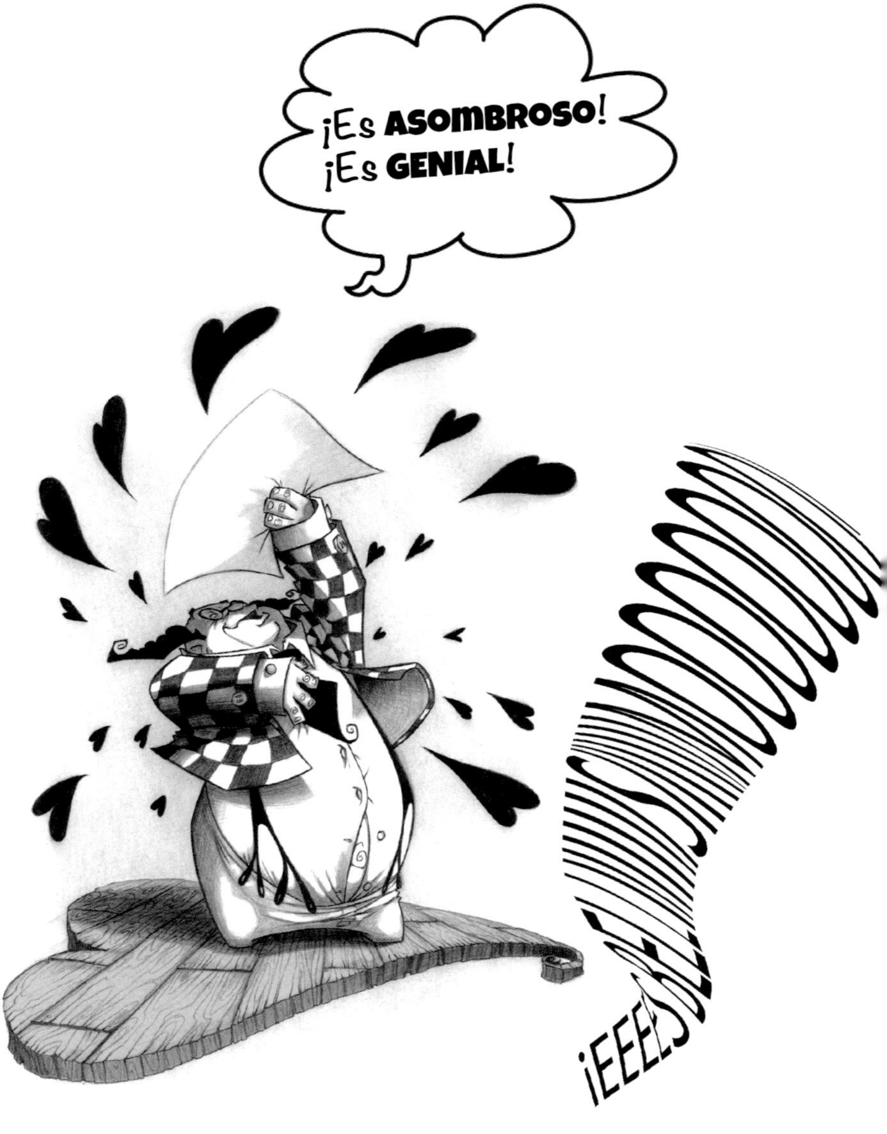
¡Es ASOMBROSO! ¡Es GENIAL!
¡EEES

Seré famosa como la escritora de los libros de magos, Y a mí me tendrán que nombrar la reina.

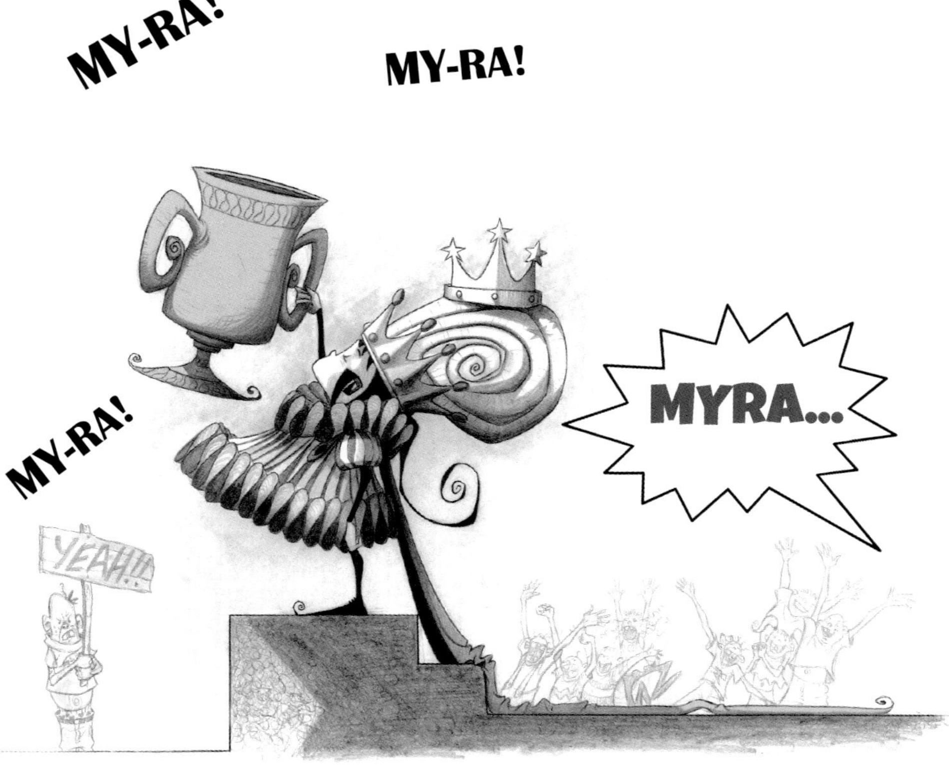
MY-RA!
MY-RA!
MY-RA!
MYRA...
YEAH!!

Entonces Tobee y el mundo sabrán que yo hice el Mejor Dibujo de mi Época.

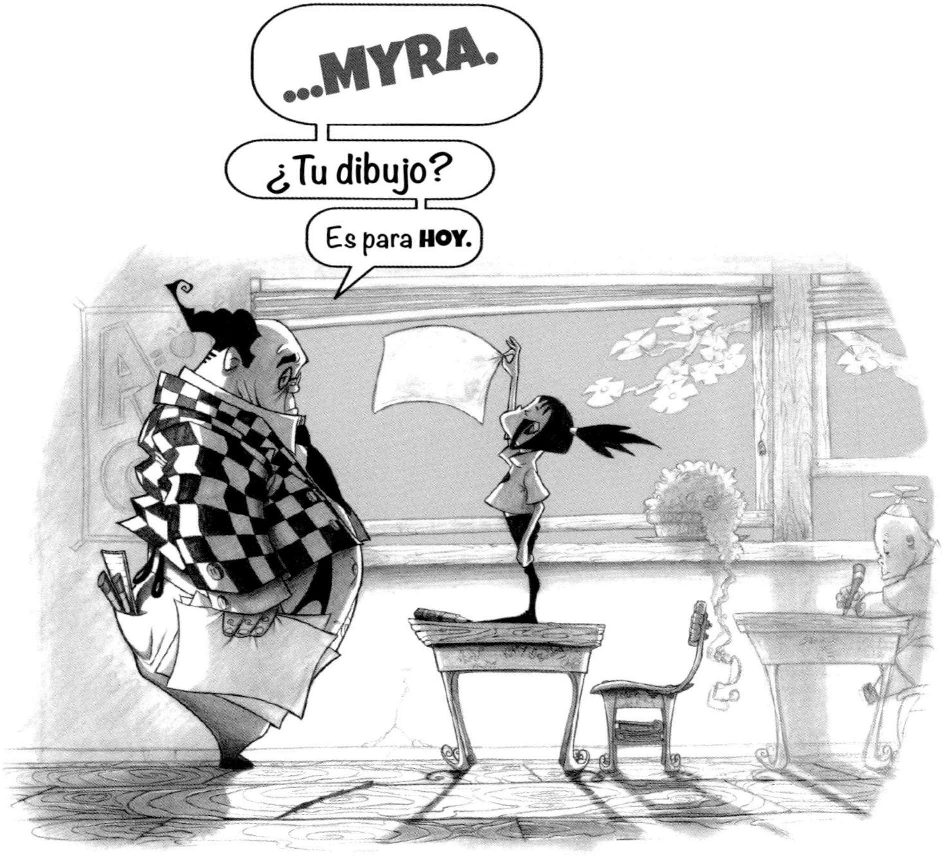
...MYRA.
¿Tu dibujo?
Es para HOY.

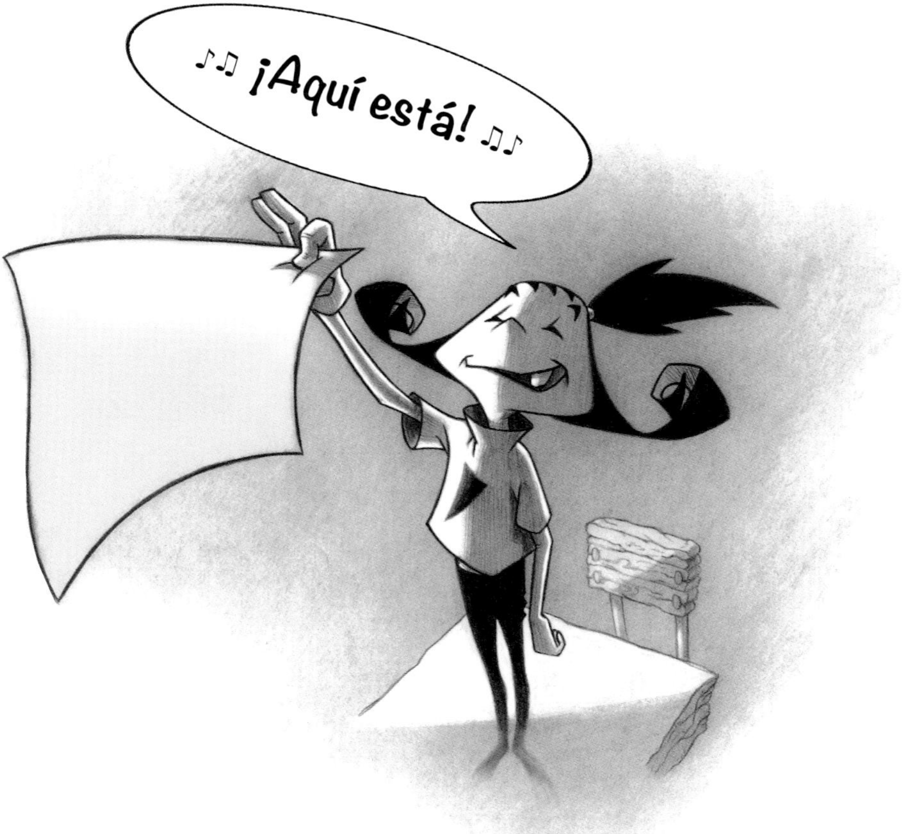
♪♫ ¡Aquí está! ♫♪

Oh, ya lo veo: la ceremonia especial...

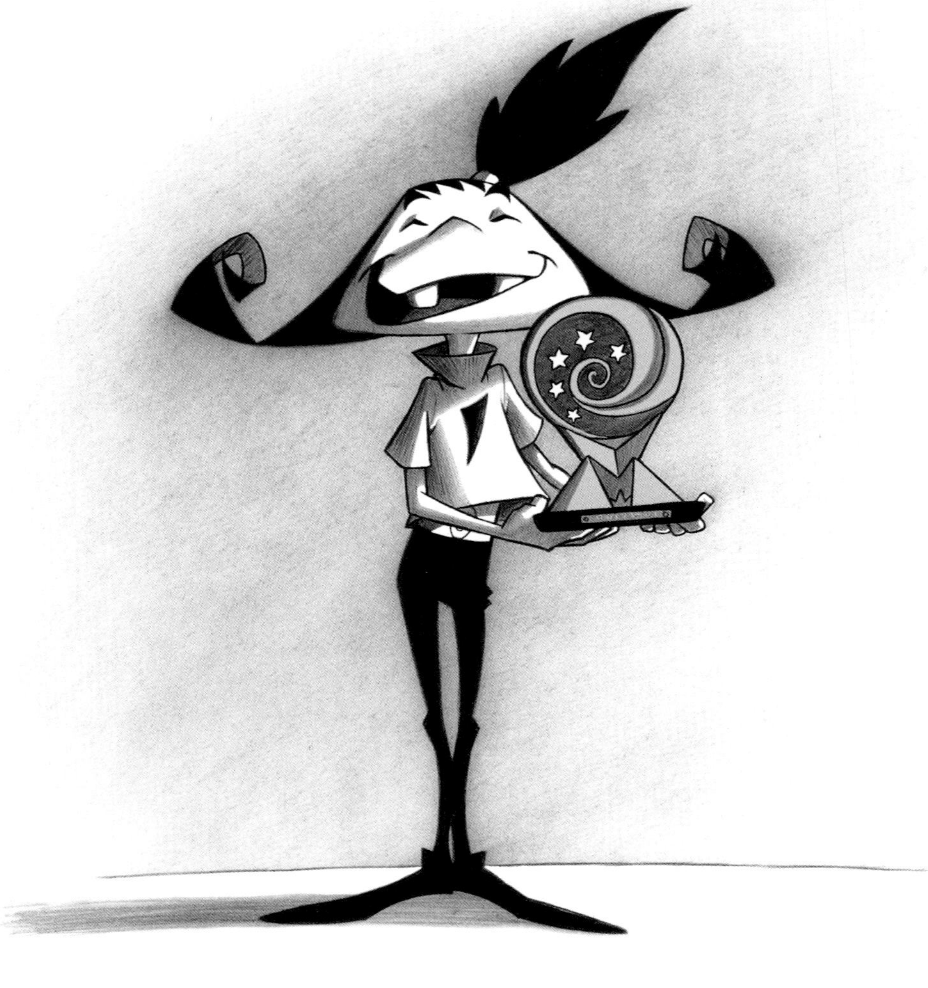

...Mi exposición en la galería de arte...

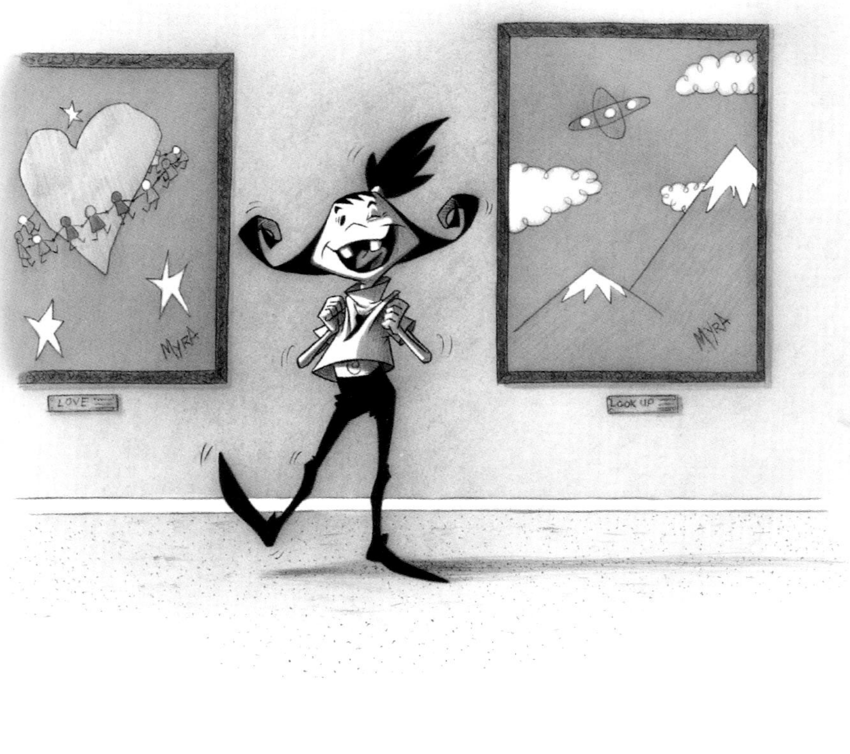

MYRA
LOVE
MYRA
LOOK UP

¡Tal vez incluso un desfile!

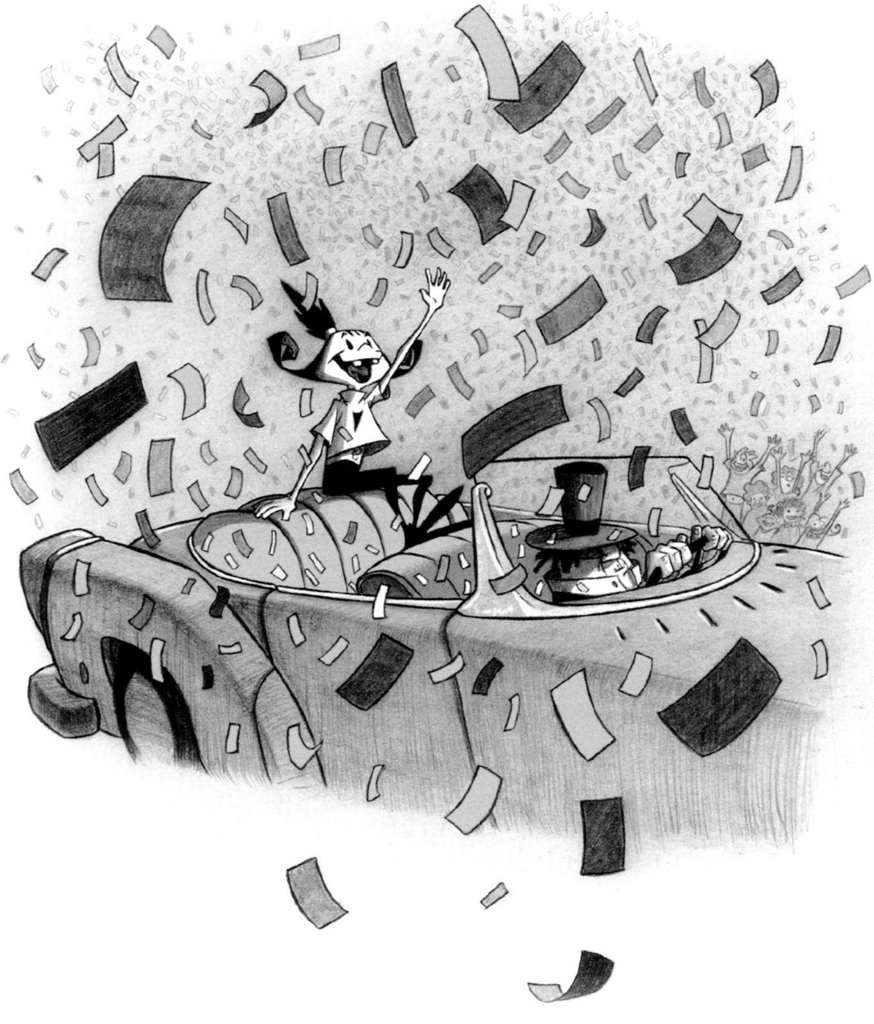

Sé que debo que actuar con calma, así que tengo que ser paciente ...

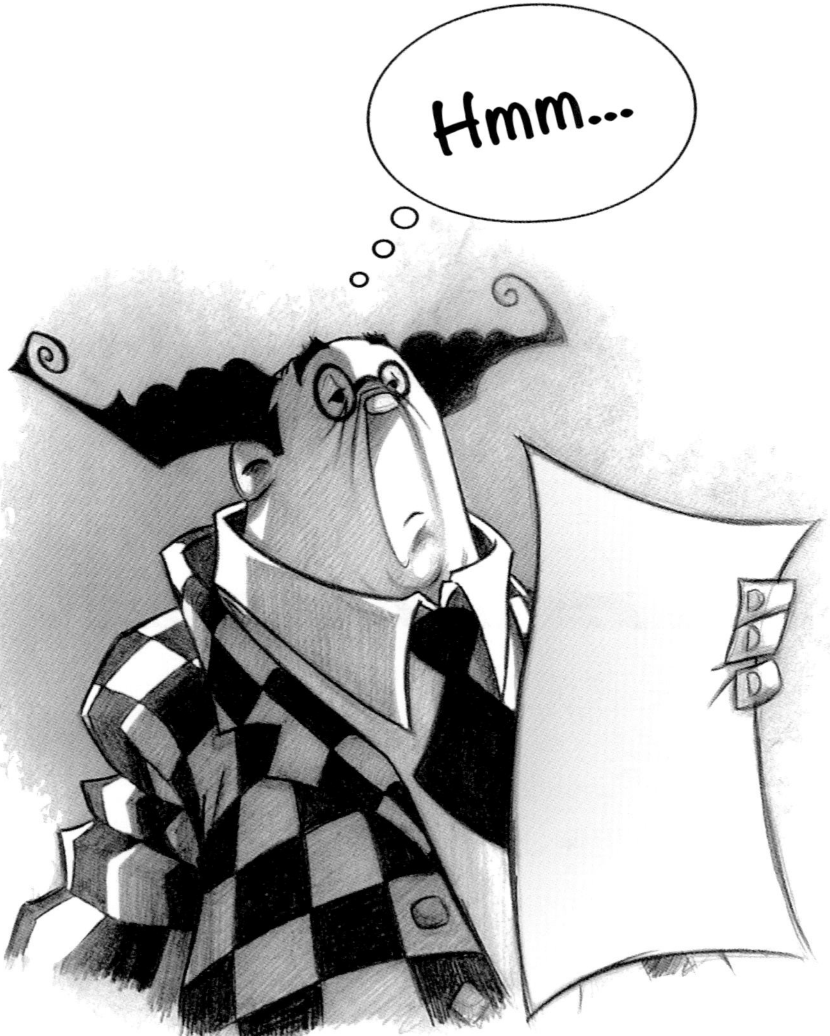
Hmm...

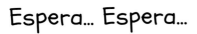

Espera... Espera...

¡¡¡OH, SI!!!

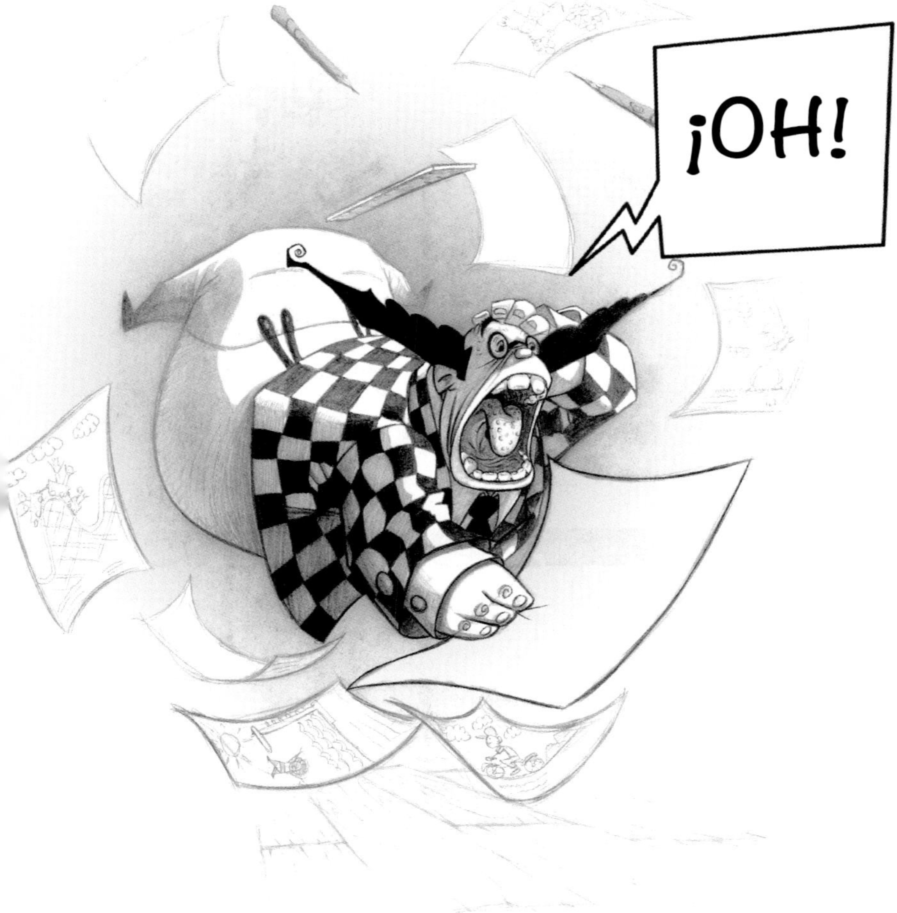
¡OH!

¡Sabía que le encantaría!

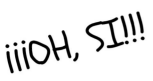

Estaba tan emocionado que no podía
esperar a enseñárselo a todo el mundo.

Primero tuve que reunirme con la Dra. Lin. Jugamos un juego en el que ella me mostraba algunas manchas raras y yo tenía que adivinar qué eran.

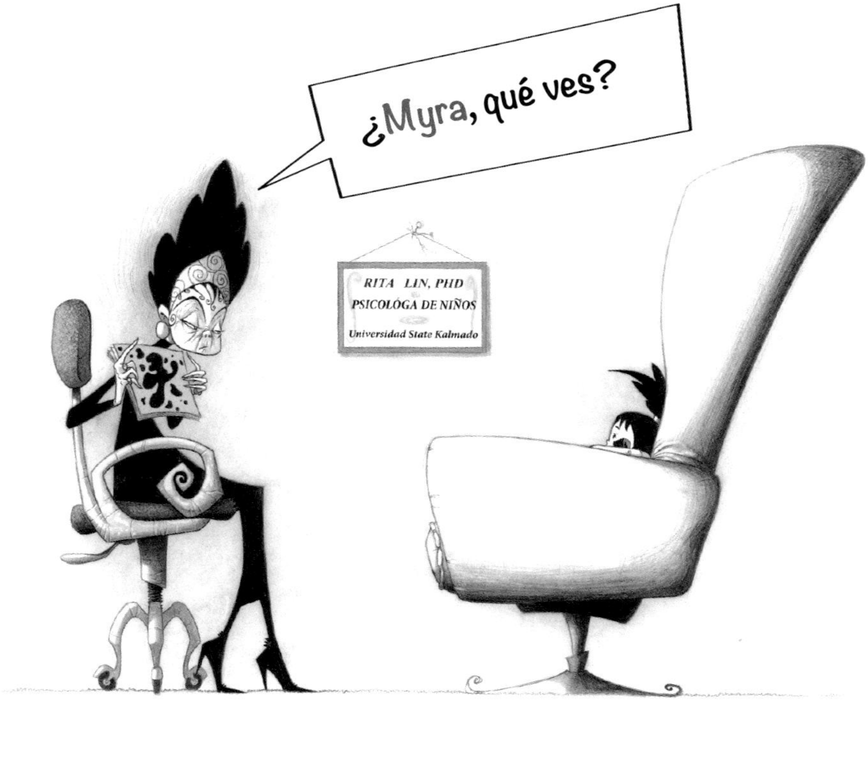
¿Myra, qué ves?
RITA LIN, PHD
PSICOLOGA DE NIÑOS
Universidad State Kalmado

Es un juego fácil para un artista con buena imaginación.

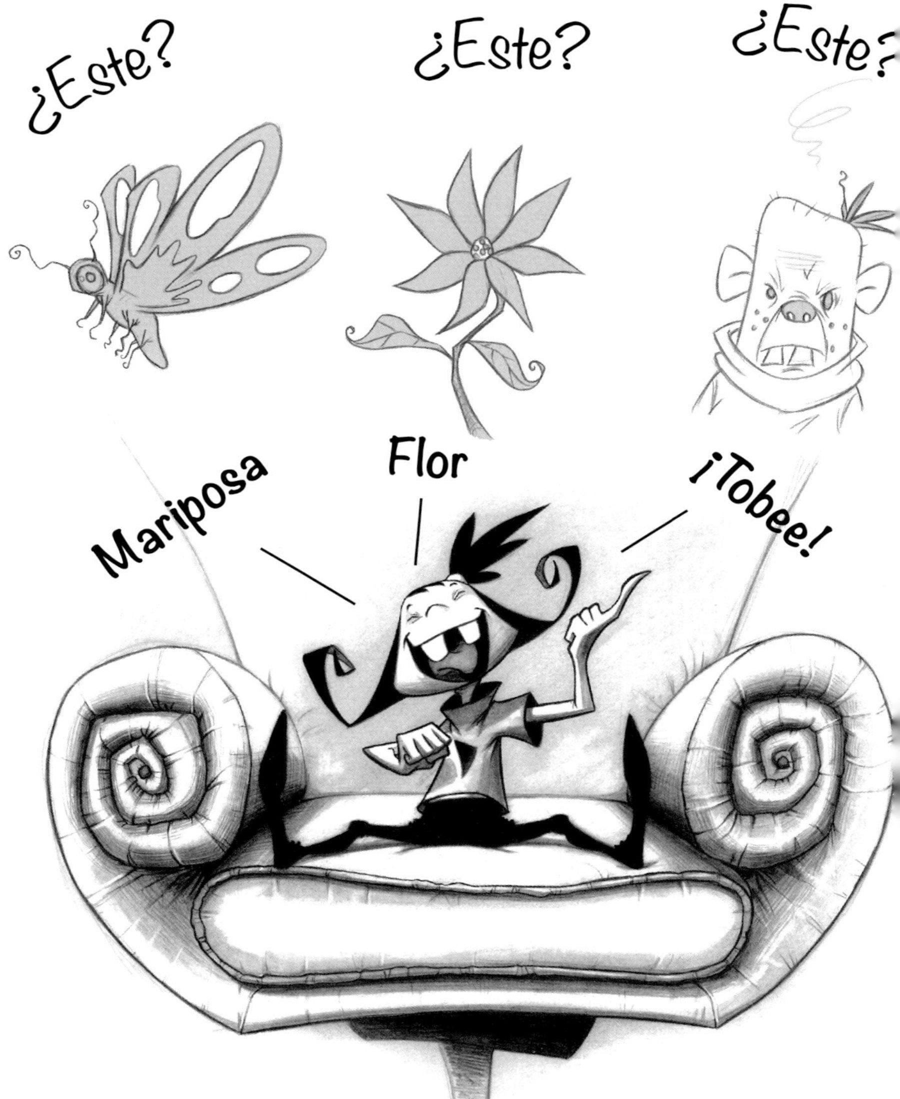
¿Este?
¿Este?
¿Este?
Mariposa
Flor
¡Tobee!

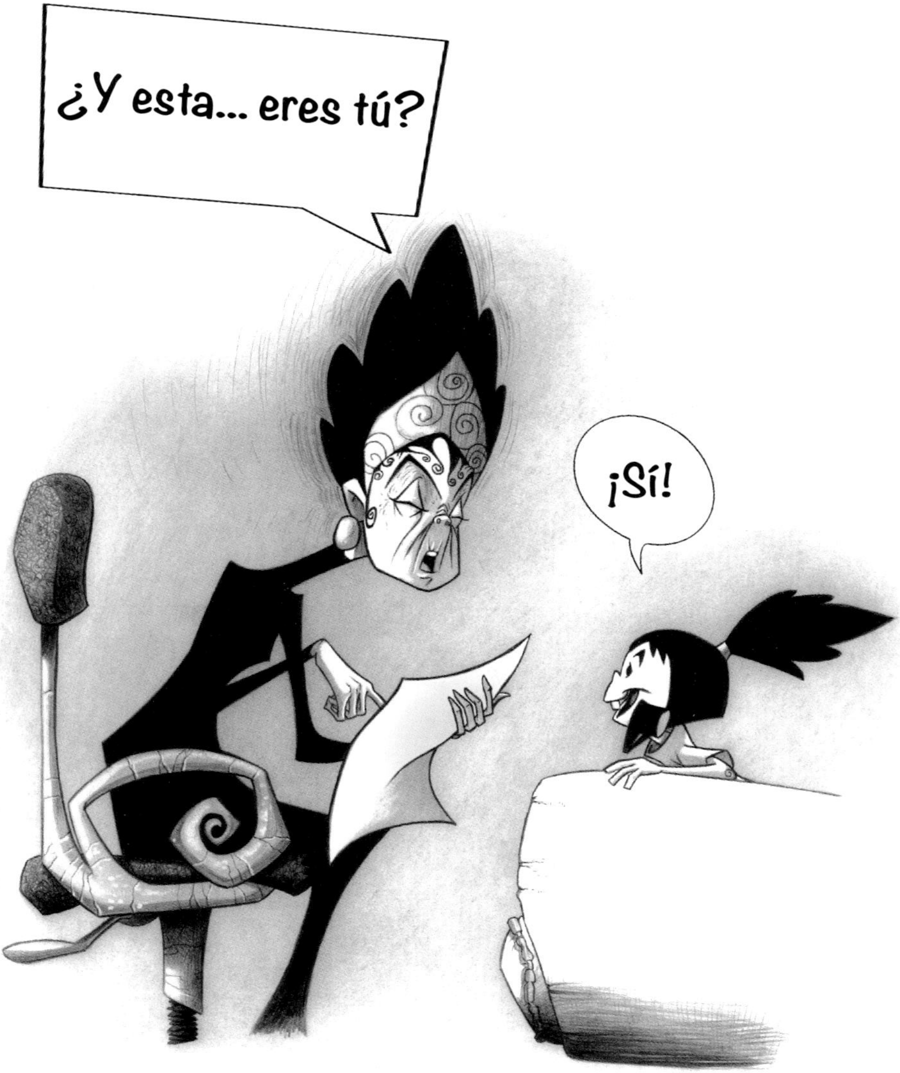
¿Y esta... eres tú?
¡Sí!

¡Estaba tan emocionada que me llevó a ver al director!

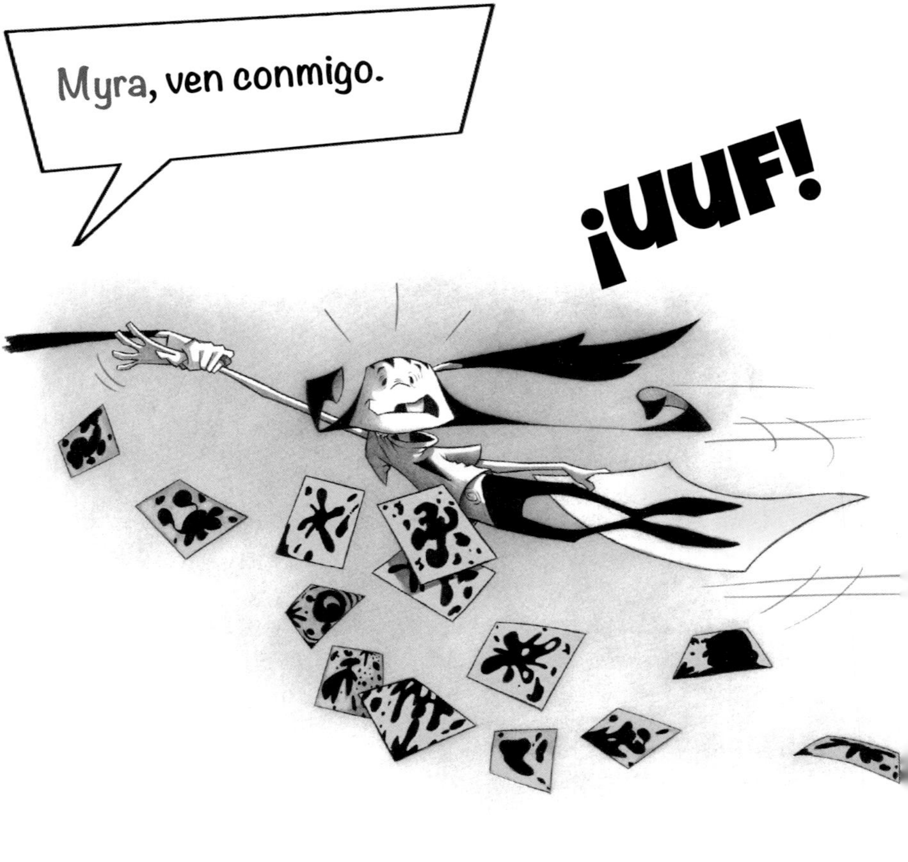
Myra, ven conmigo.
¡UUF!

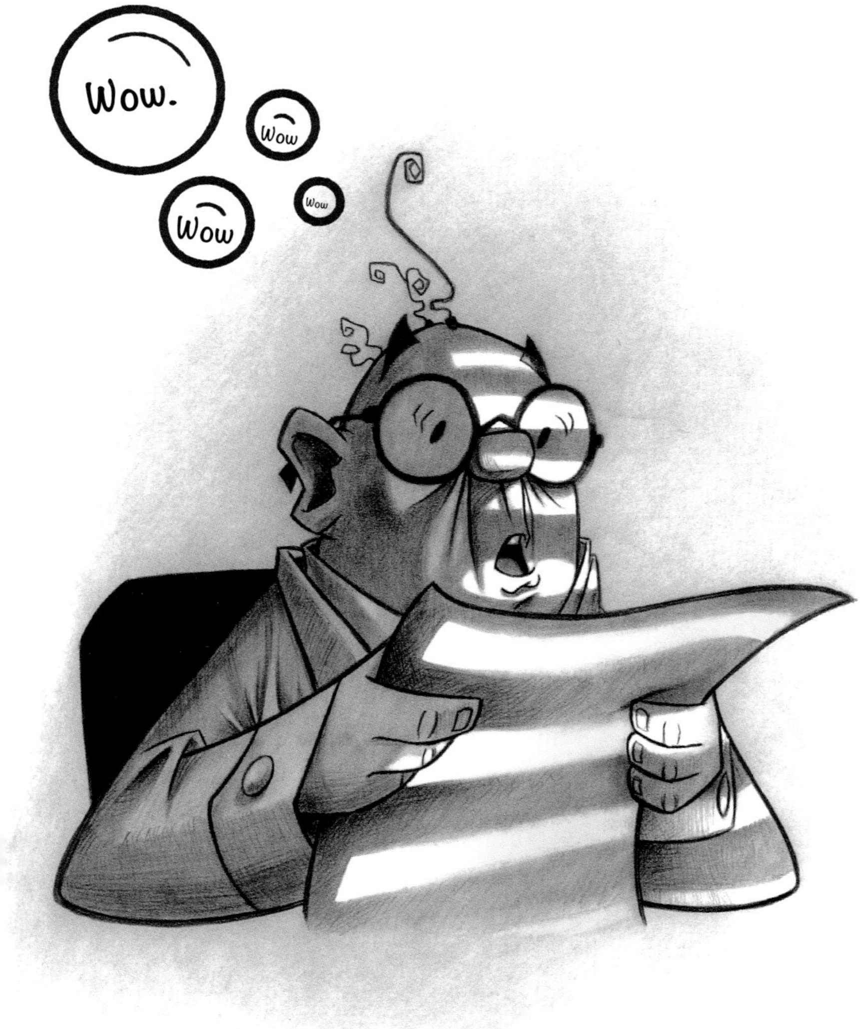
Wow.
Wow
Wow
Wow

¿Y el director? Estaba tan emocionado que dijo "Wow" como un millón de veces.

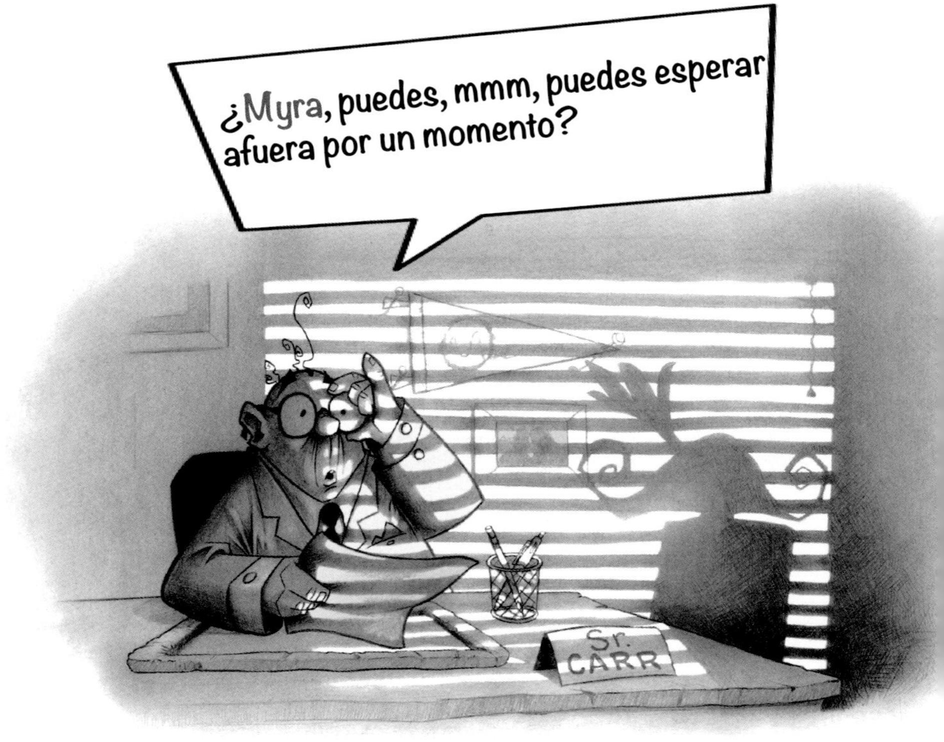
¿Myra, puedes, mmm, puedes esperar afuera por un momento?
Sr. CARR

Debe haber sido un empate. De pronto, casi sin darme cuenta, estábamos mi amigo Byron y yo afuera de la oficina del director. Él había hecho una estatua muy bonita.

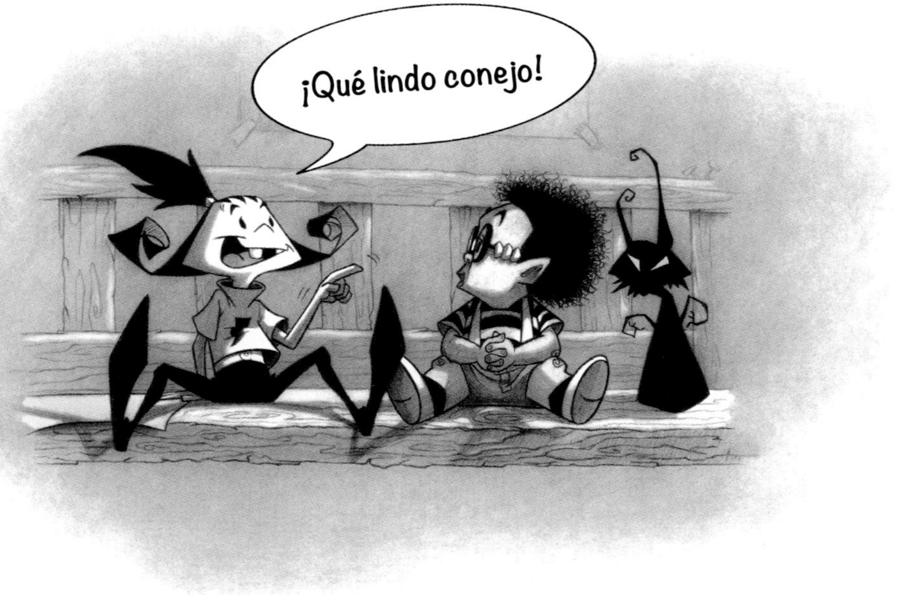
¡Qué lindo conejo!

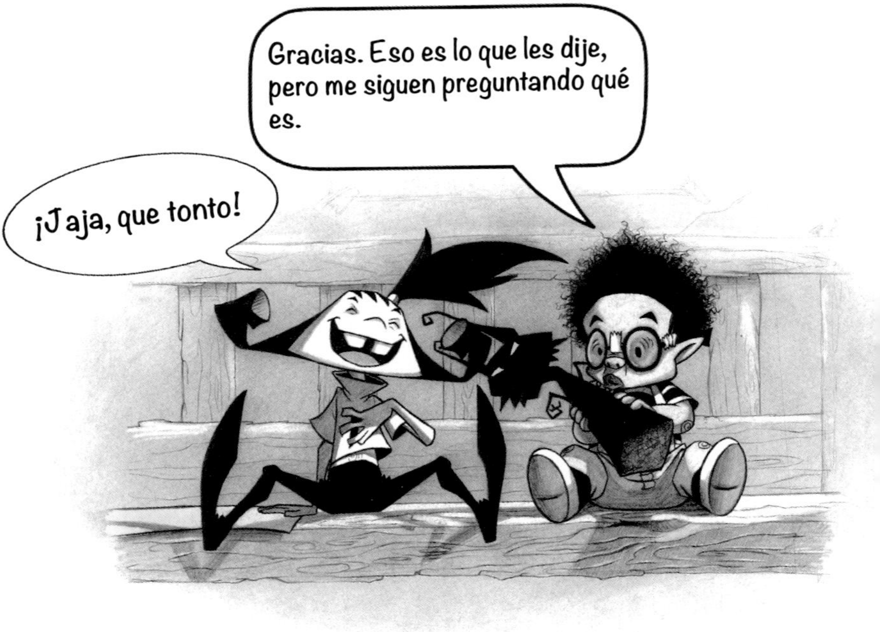
Gracias. Eso es lo que les dije, pero me siguen preguntando qué es.
¡Jaja, que tonto!

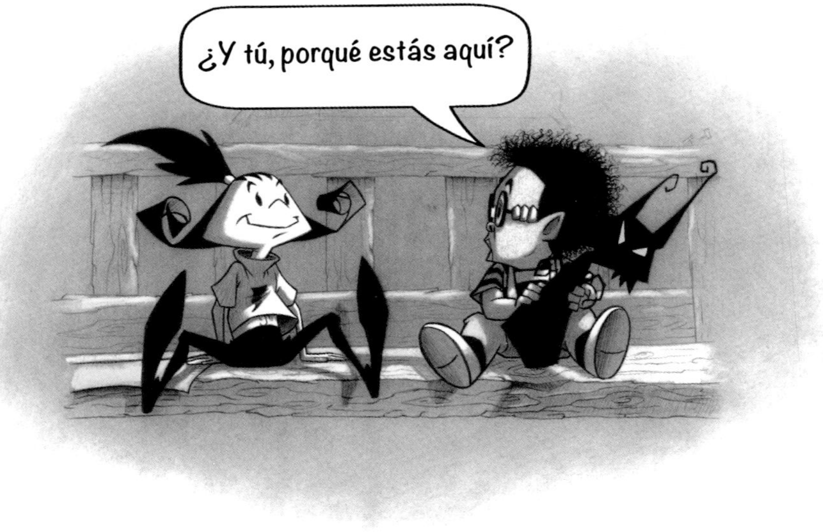
¿Y tú, porqué estás aquí?

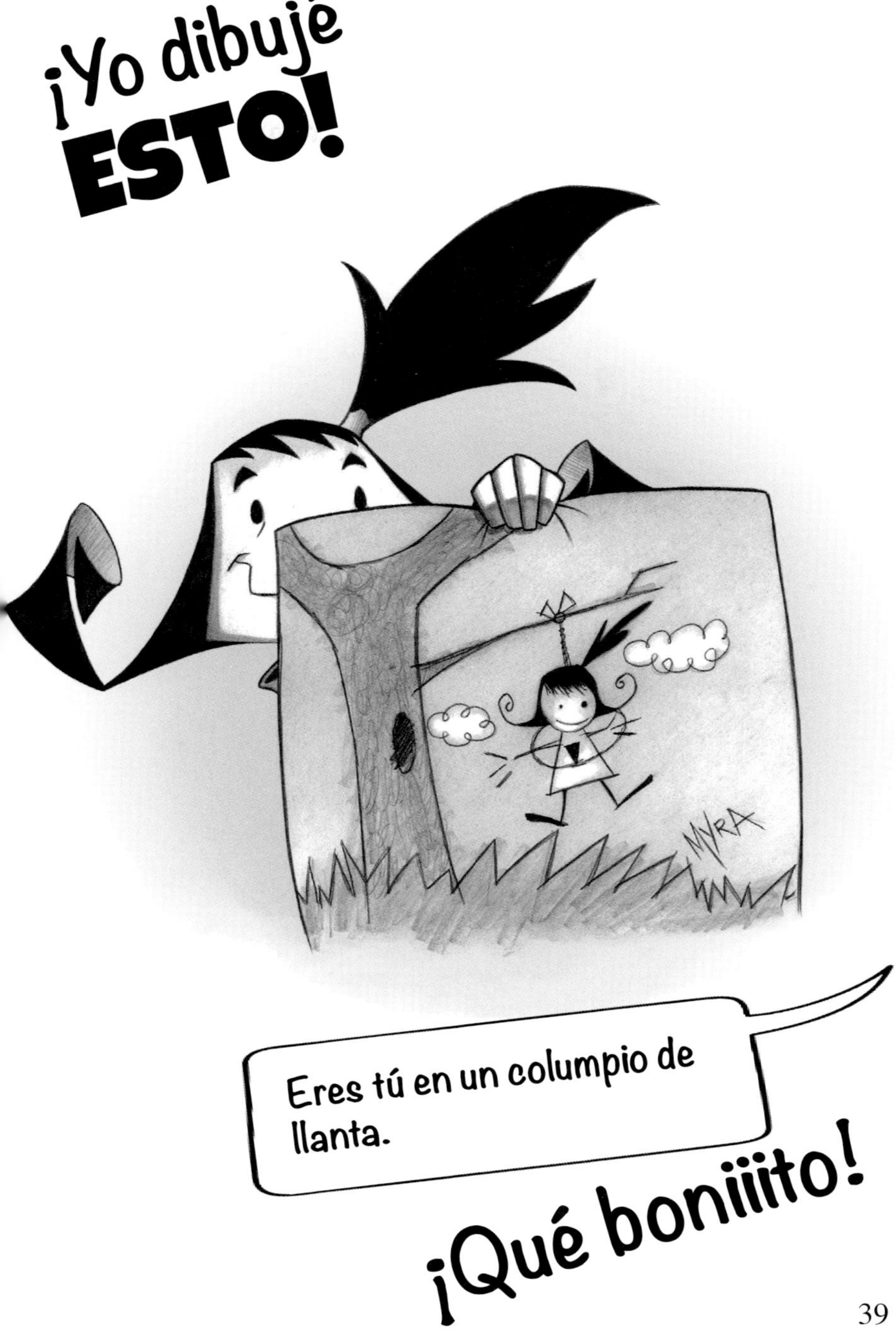
¡Yo dibujé
ESTO!
MYRA
Eres tú en un columpio de llanta.
¡Qué boniiito!

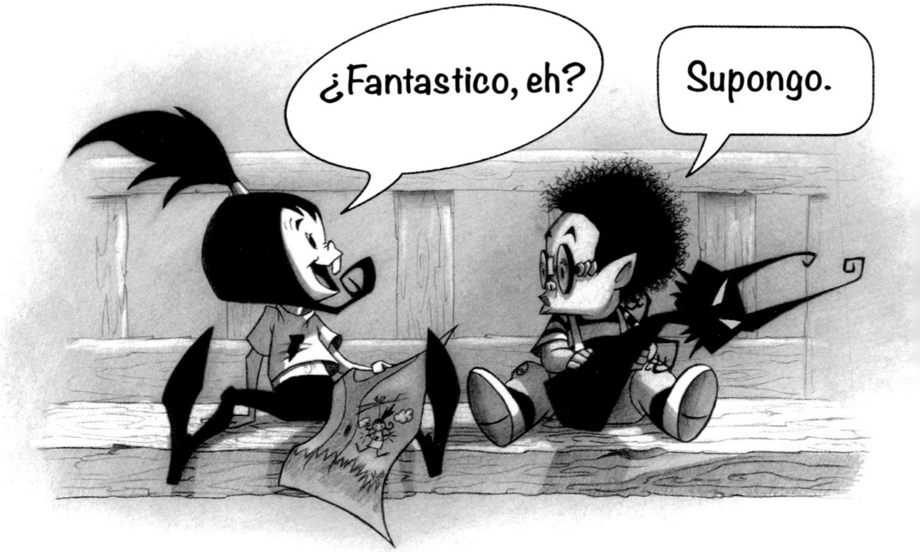
¿Fantastico, eh?
Supongo.

Dentro de la oficina todos estaban tan emocionados acerca de nuestro arte, que no dejaban de murmurar.

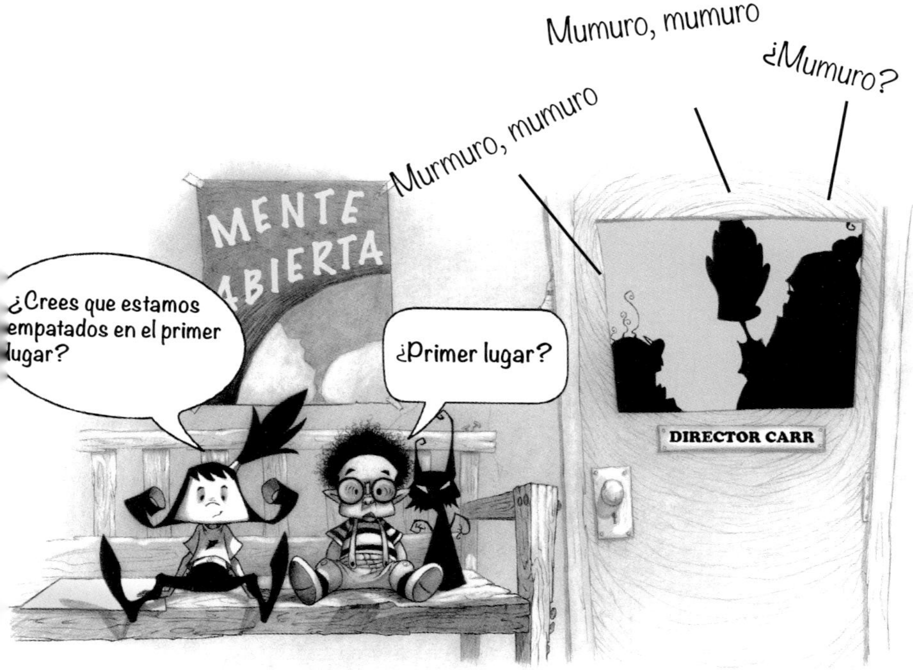
Mumuro, mumuro
¿Mumuro?
Murmuro, mumuro
MENTE ABIERTA
¿Crees que estamos empatados en el primer lugar?
¿Primer lugar?
DIRECTOR CARR

Resulta que Byron no participo en el concurso.

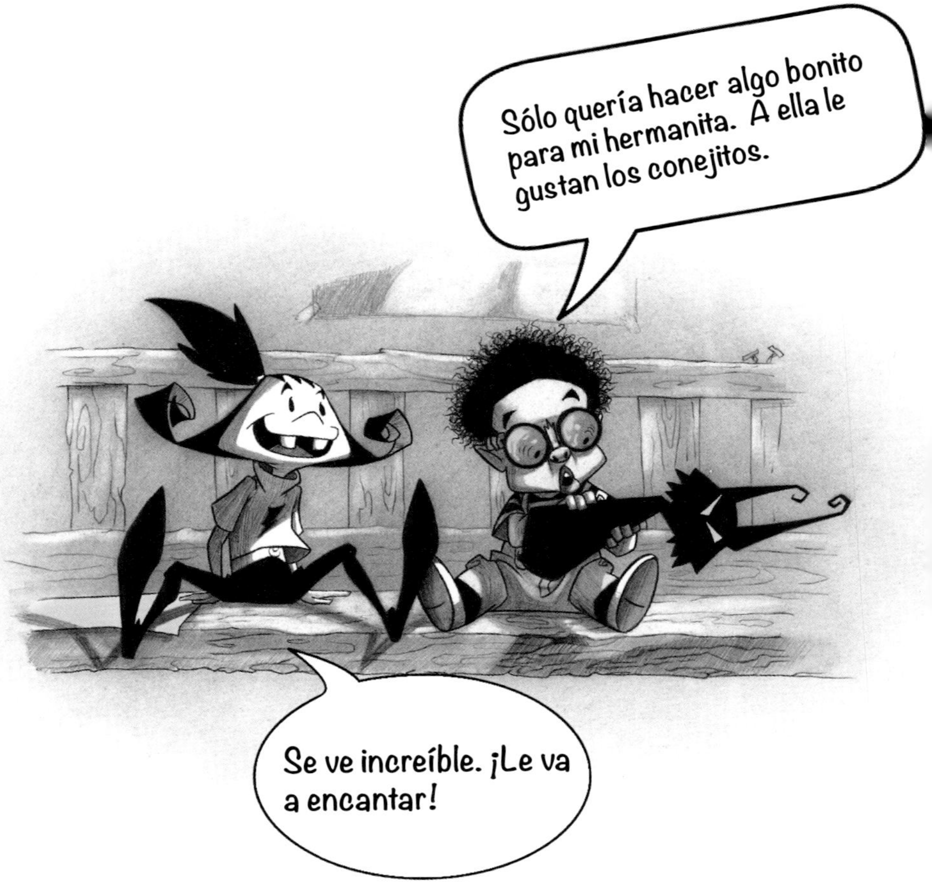
Sólo quería hacer algo bonito para mi hermanita. A ella le gustan los conejitos.
Se ve increíble. ¡Le va a encantar!

Bueno, por si no lo habías adivinado, no gané el primer lugar.

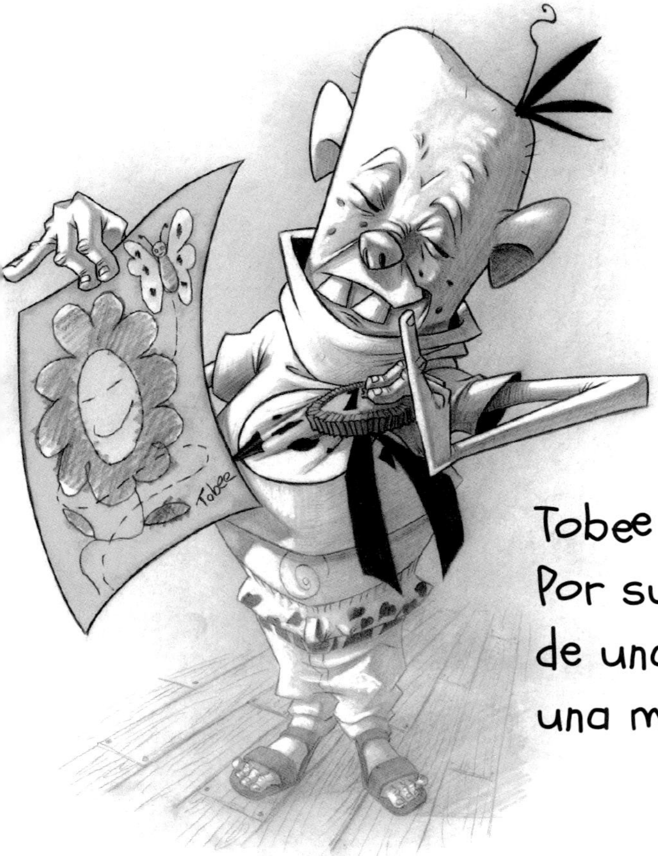
Tobee

Tobee ganó. Por su dibujo de una flor y una mariposa.

¿Y sabes qué? Me parece bien.

Realmente me hubiera gustado ganar, pero estaba bien porque sucedió algo más:

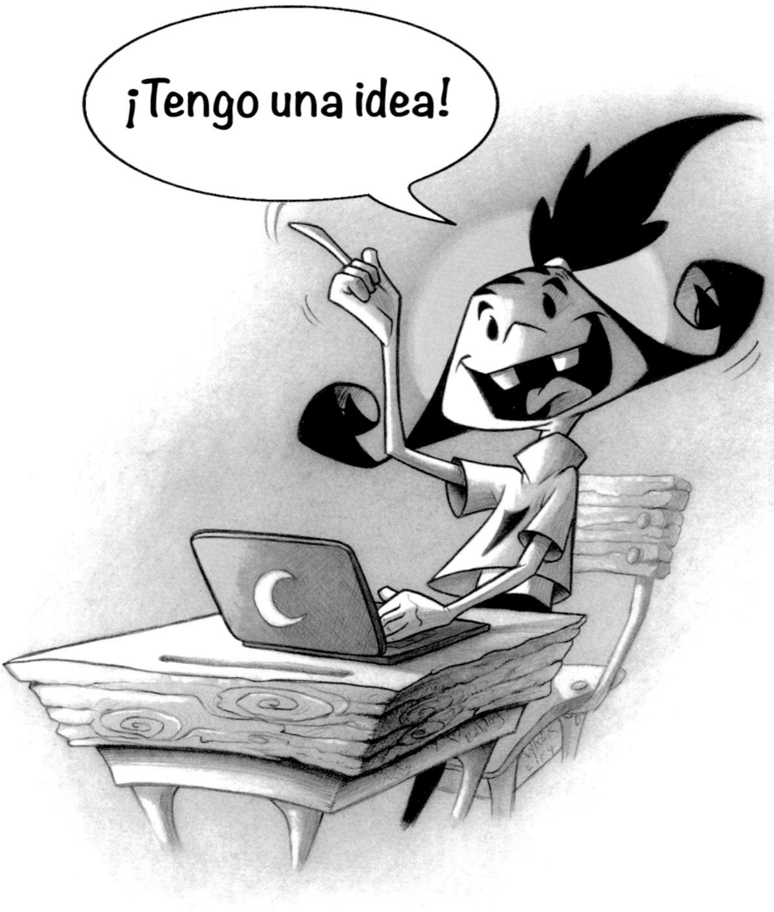
¡Tengo una idea!

Compartí todo mi arte, y el de Byron también, en mi propia galería en línea.

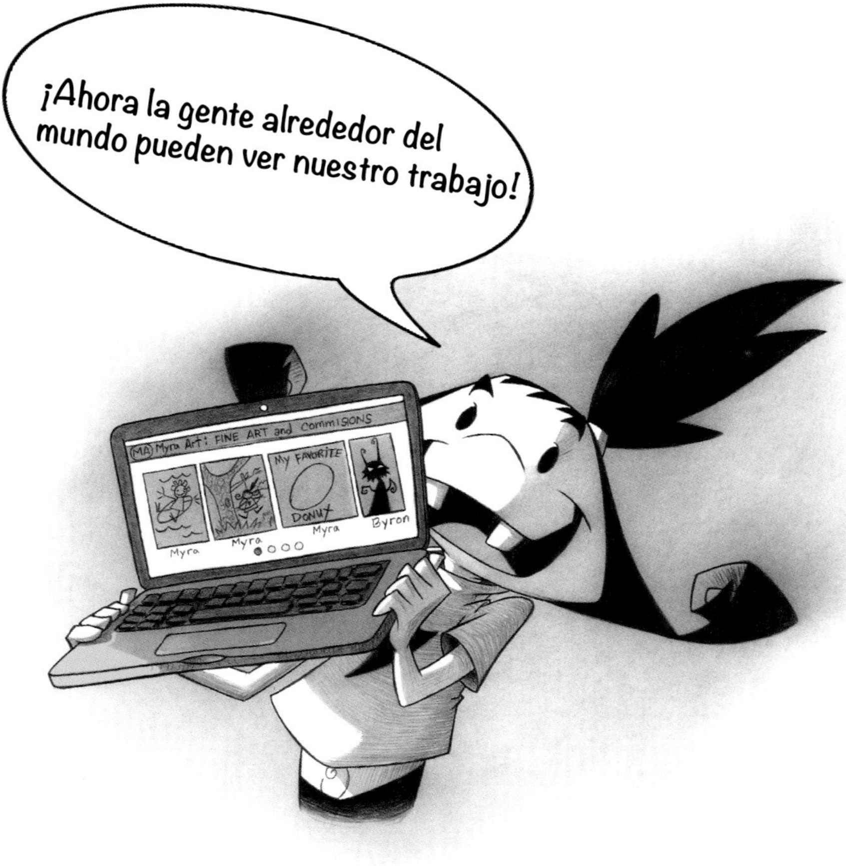
¡Ahora la gente alrededor del mundo pueden ver nuestro trabajo!
Myra Art: FINE ART and COMMISONS
MA
My FAVORITE DONUT
Myra
Myra
Myra
Byron

Y no lo vas a creer, pero al poco tiempo teníamos un montón de gente que quería hablar con nosotros acerca de nuestro arte.

Nos invitaron a un programa de entrevistas en el que puedes sentarte en un sofá y hablar con unos tipos de la televisión. ¡A ellos también les gustó nuestro arte!

Entonces el tipo que estaba detrás del escritorio hizo una pregunta que me dio otra idea:

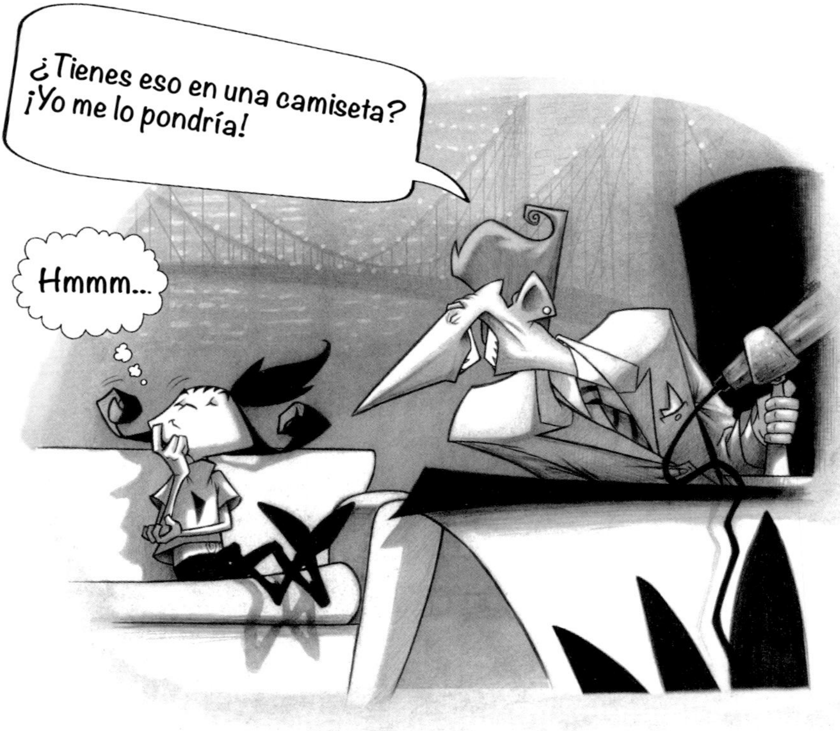
¿Tienes eso en una camiseta? ¡Yo me lo pondría!
Hmmm...

¿Y si hago más obras de arte y las convierto en camisetas y todo tipo de cosas interesantes?

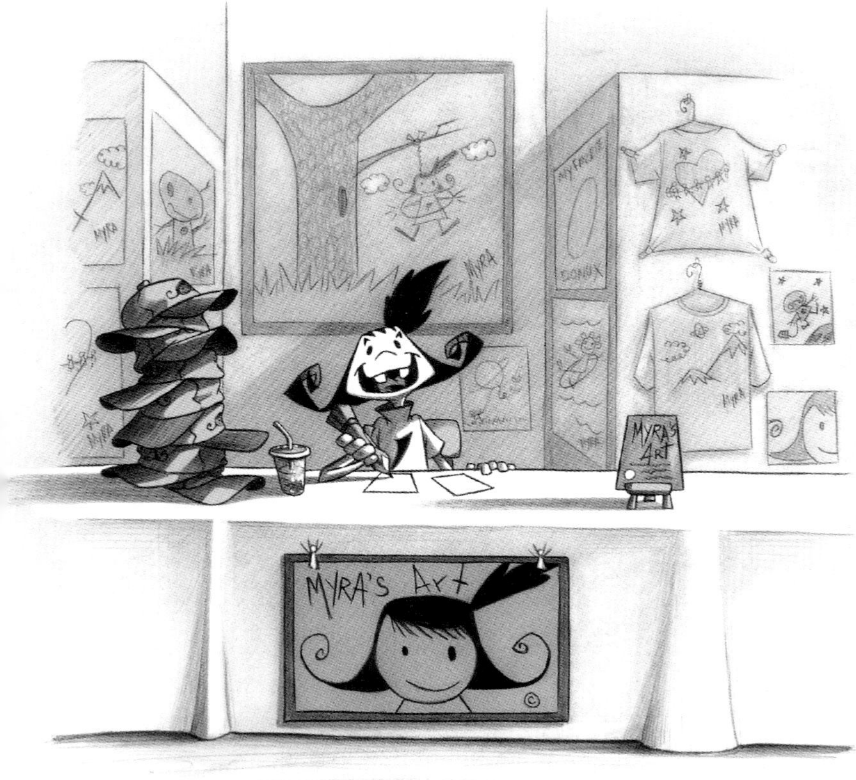
MYRA
MYRA
MYRA
MYRA'S Art
MYRA'S Art

Cuando llegó el día, mi estreno ¡fue un gran **ÉXITO!**

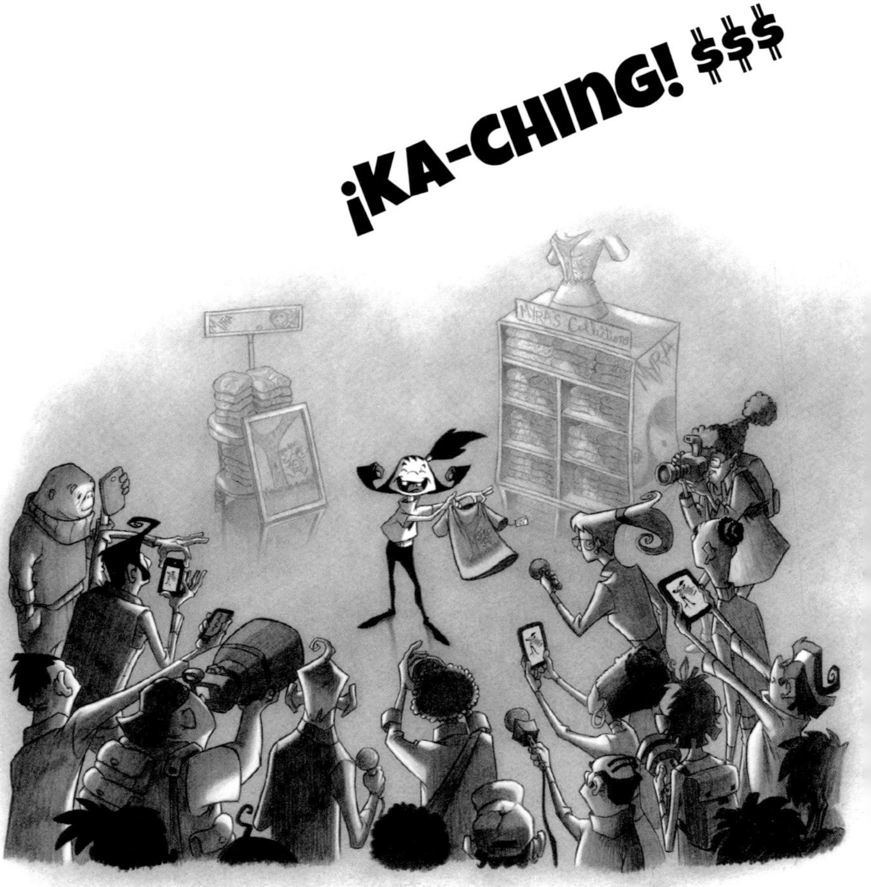
¡KA-CHING! $$$

¿Y adivina qué?

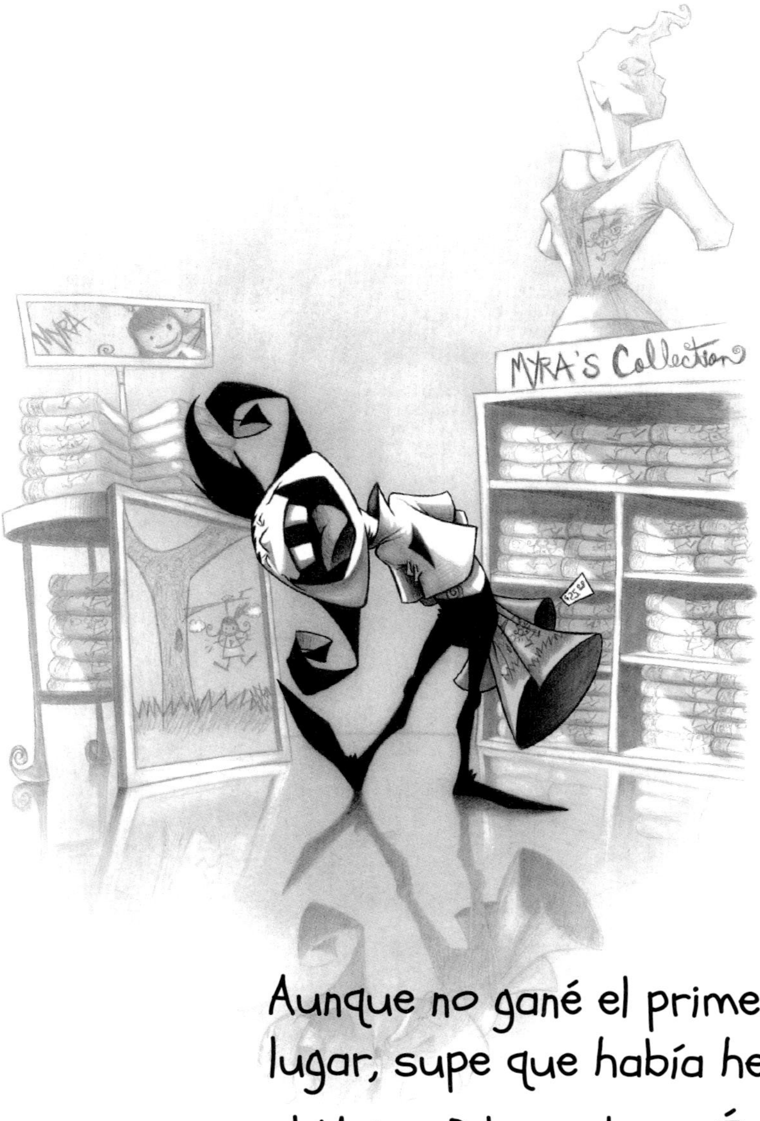
MYRA
MYRA'S Collection

Aunque no gané el primer lugar, supe que había hecho el Mejor Dibujo de mi Época.

Y sabía que era feliz creando arte, pase lo que pase. ¡Mi arte me hace feliz a mí, y ahora a otras personas!

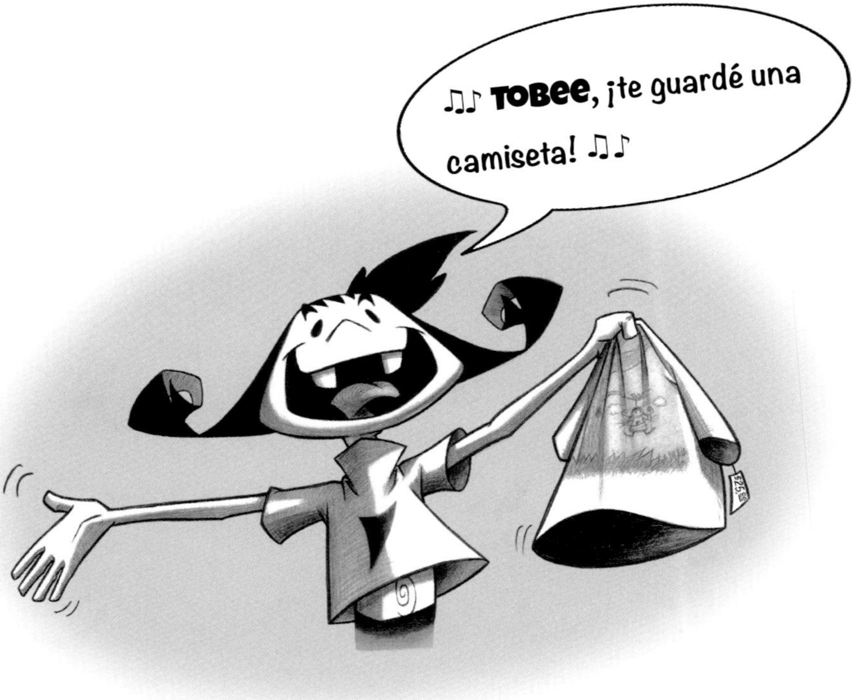
♫♪ TOBEE, ¡te guardé una camiseta! ♫♪

ACERCA DE LA AUTORA

ROSEMARY RIVERA es una Nuyoricana ratón de biblioteca, nacida en el Bronx, que empezó a escribir cuando tenía 7 años. Algunos profesores no le creían, así que le pedían que escribiera cosas mientras ellos se sentaban y miraban. ¡Demostrar que podía siempre era divertido! Intentó dibujar también, pero fue entonces cuando se metió en problemas. Esta historia está basada en esa aventura. Pero no terminó del mismo modo. Rosemary aún está esperando su aparición en un programa de televisión. Mientras lo hace, escribe todo tipo de cosas: artículos, ensayes e incluso ideas para programas animados con su cómplice, Mario. Su pasatiempo favorito es pasar el tiempo con su mini cómplice, Tyler.

ACERCA DEL ILUSTRADOR

MARIO MENJIVAR ha estado dibujando desde que era un niño en una ciudad costera en Honduras, donde se le conocía como El Niño Que No Hablaba. Después empezó a hablar y se convirtió en El Niño Con Mil Preguntas. Acabó en Nueva York donde estudió para ser un artista y después lo llamaron para ser parte del estudio Disney como dibujante de animación. Trabajó en todo tipo de películas divertidas dibujadas a mano, incluyendo El Rey León, Hércules y Tarzán. Mario diseña, ilustra, da clases y juega con su propio niñito en Nueva York junto con su esposa, quien le permite hacer los dibujos.

Acerca del cuento:

¿Es verdad que este cuento es una historia **CASI REAL**?

¡Sí, lo es! Esta es la parte verdadera: Yo era una niña tranquila que tenía buenas notas, pero era tímida a la hora de participar en clase. Por suerte, mi increíble profesora de segundo grado, la Sra. Silverman, decidió dejarme ser yo. Siempre que me veía en modo silencioso, me daba unas hojas en blanco y me pedía que escribiera o dibujara mis pensamientos para ese día.

Una mañana monótona, comencé a escribir mis pensamientos acerca de mi desánimo y dibujé lo que pensé que era yo disfrutando de un lindo columpio de llanta, en un día hermoso de primavera. Dibujé el sol radiante y un árbol bonito y abundante con una rama fuerte que sostenía el columpio. Me detuve en la llanta con una gran sonrisa. ¡Incluso yo dibujé una carita sonriente al sol por añadidura! Luego dejé mi papel a un lado y me fui a atender el trabajo del día.

Después, sentí un golpecito en el hombro y noté que la cara de la Sra. Silverman estaba tan pálida como mi papel de dibujo y sus ojos estaban muy abiertos. Sonrió y habló más despacio que de costumbre. Dijo que tenía que mostrarle mi dibujo al director y que habían decidido llamar a mi mamá. Pensé: "¡Vaya, este dibujo debe haber salido mejor de lo que pensaba!"

En cambio, descubrí que nadie parecía entender lo difícil que es dibujarse en un columpio de llanta. Parecían preocupados por mí, y me di cuenta de que tal vez nada de esto estaría sucediendo si hubiera dibujado un columpio con asiento rectangular.

No los culpé por estar preocupados, ya que pensaban que estaba deprimida, pero ese día aprendí que los adultos a veces no ven las cosas como los niños.

EL DISEÑO DE MYRA:

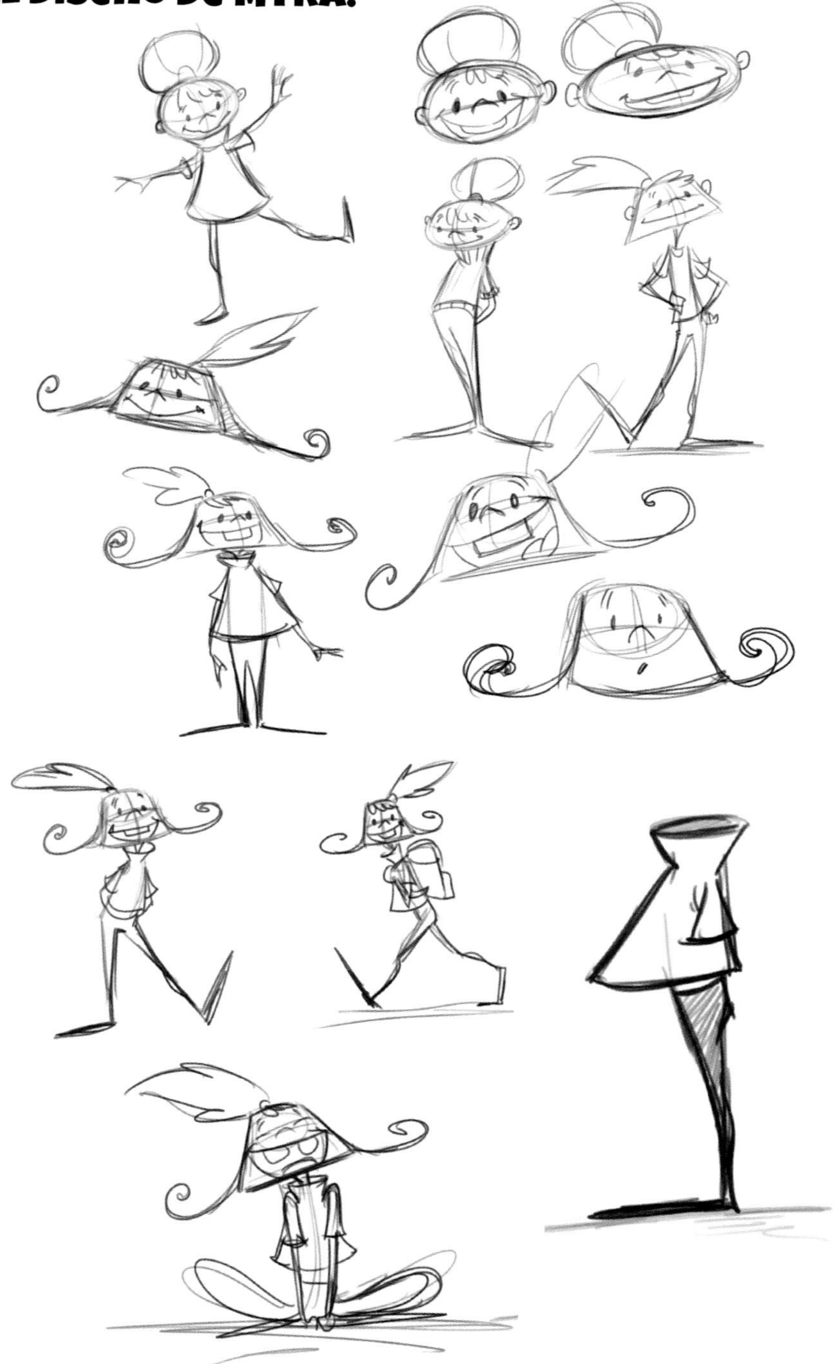

EL DISEÑO DE BYRON:

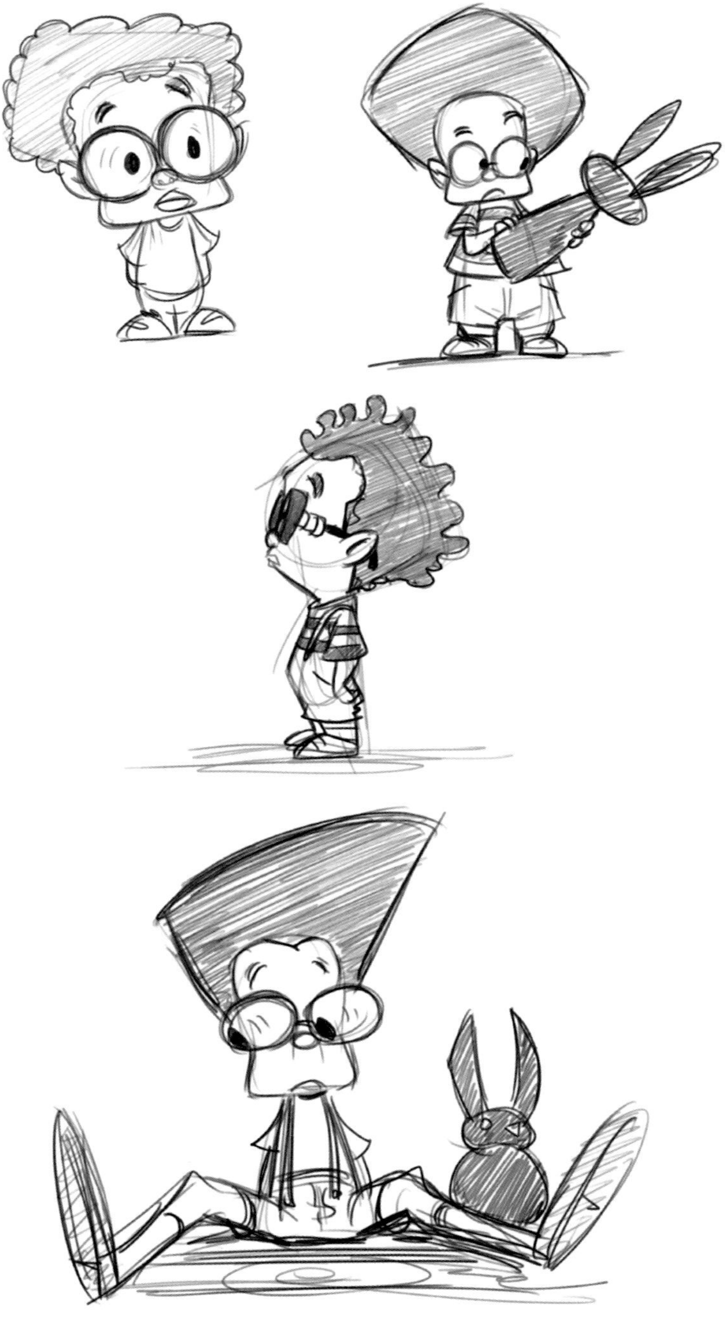

El diseño de Sr. Punchinello:

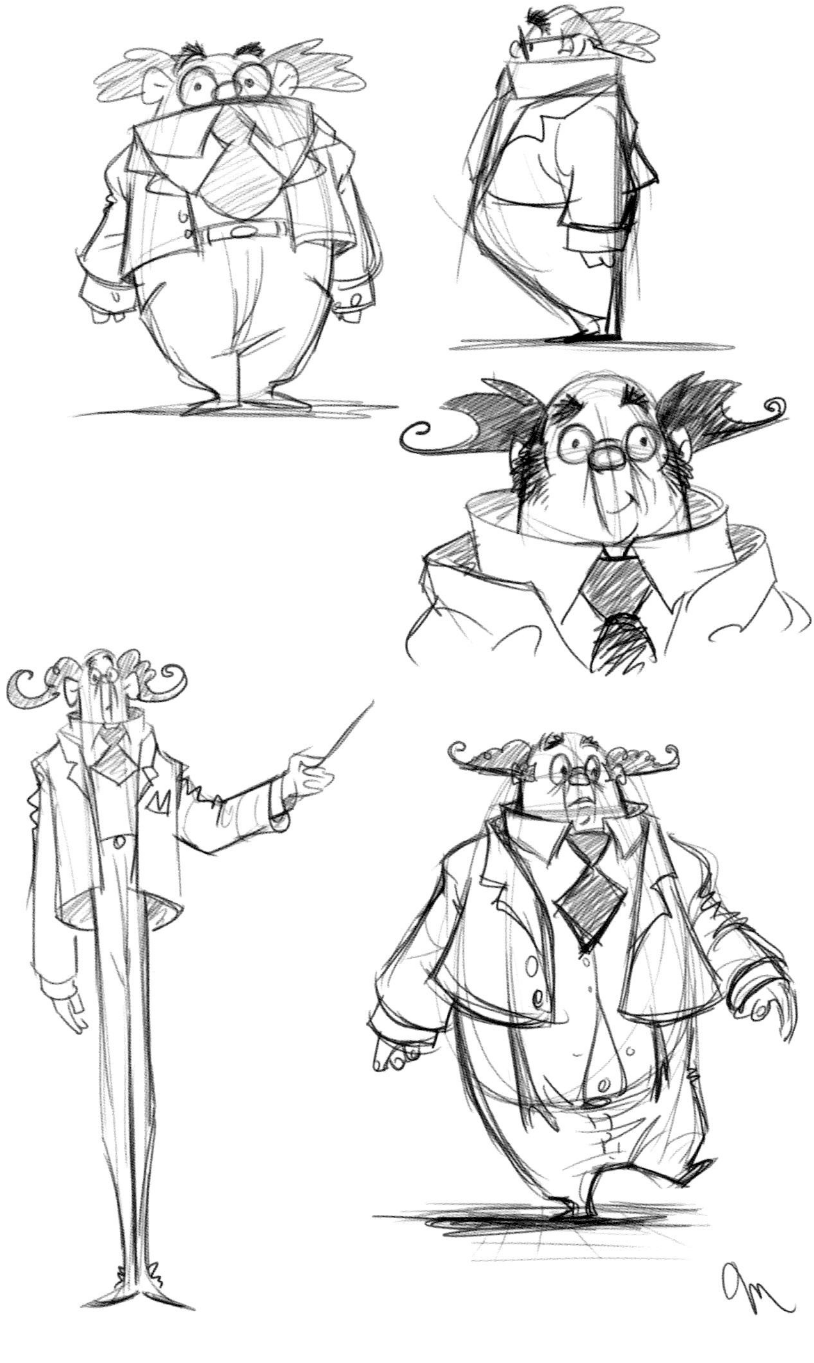

AGRADECIMIENTOS

Muchísimas gracias a:

Steven Wilson por darnos la bienvenida a nosotros, y a Myra, a la familia de Imagine & Wonder.

John Shableski por las asistencias editoriales que muestran las maravillas de Myra.

Agradecimientos especiales a:

José Luis Cortés por ayudar a Myra a hablar mejor el español en su primera encarnación y a Ed Lozano por la enorme ayuda editorial en esta encarnación.

Dave Swerdlick por decirle a todos los que tienen oídos lo genial que es Myra.

More Books from I & W

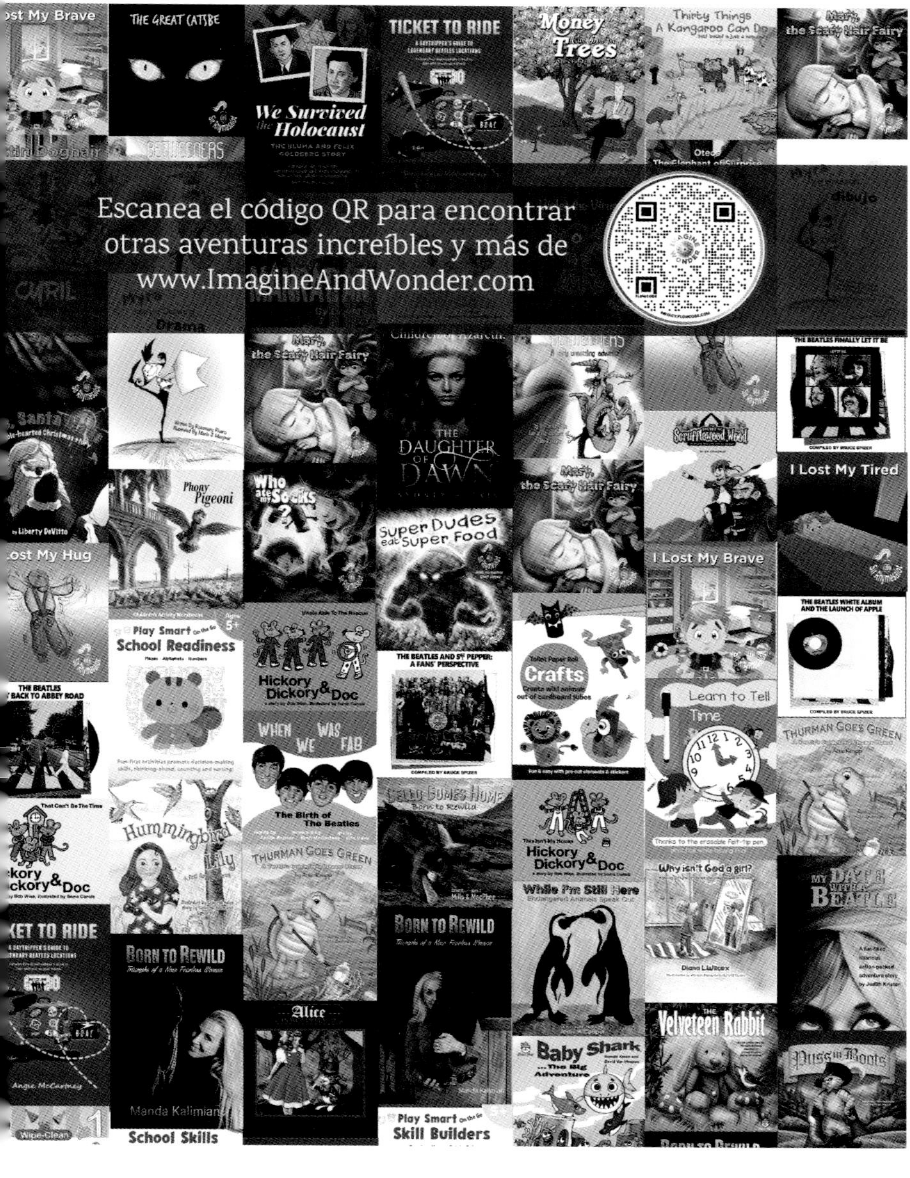
Escanea el código QR para encontrar
otras aventuras increíbles y más de
www.ImagineAndWonder.com
THE GREAT CATSBE
We Survived the Holocaust
TICKET TO RIDE
Money Trees
Thirty Things A Kangaroo Can Do
Mary, the Scary Hair Fairy
THE DAUGHTER OF DAWN
THE BEATLES FINALLY LET IT BE
Phony Pigeoni
Who ate my Socks?
Super Dudes eat Super Food
I Lost My Tired
I Lost My Brave
I Lost My Hug
Play Smart School Readiness
Hickory Dickory & Doc
THE BEATLES AND SGT. PEPPER: A FANS' PERSPECTIVE
Crafts
THE BEATLES WHITE ALBUM AND THE LAUNCH OF APPLE
Learn to Tell Time
WHEN WE WAS FAB
The Birth of The Beatles
THURMAN GOES GREEN
Hummingbird Lily
Born to Rewild
Why isn't God a girl?
While I'm Still Here
MY DATE WITH A BEATLE
Alice
Velveteen Rabbit
Baby Shark
Puss in Boots
School Skills
Play Smart Skill Builders

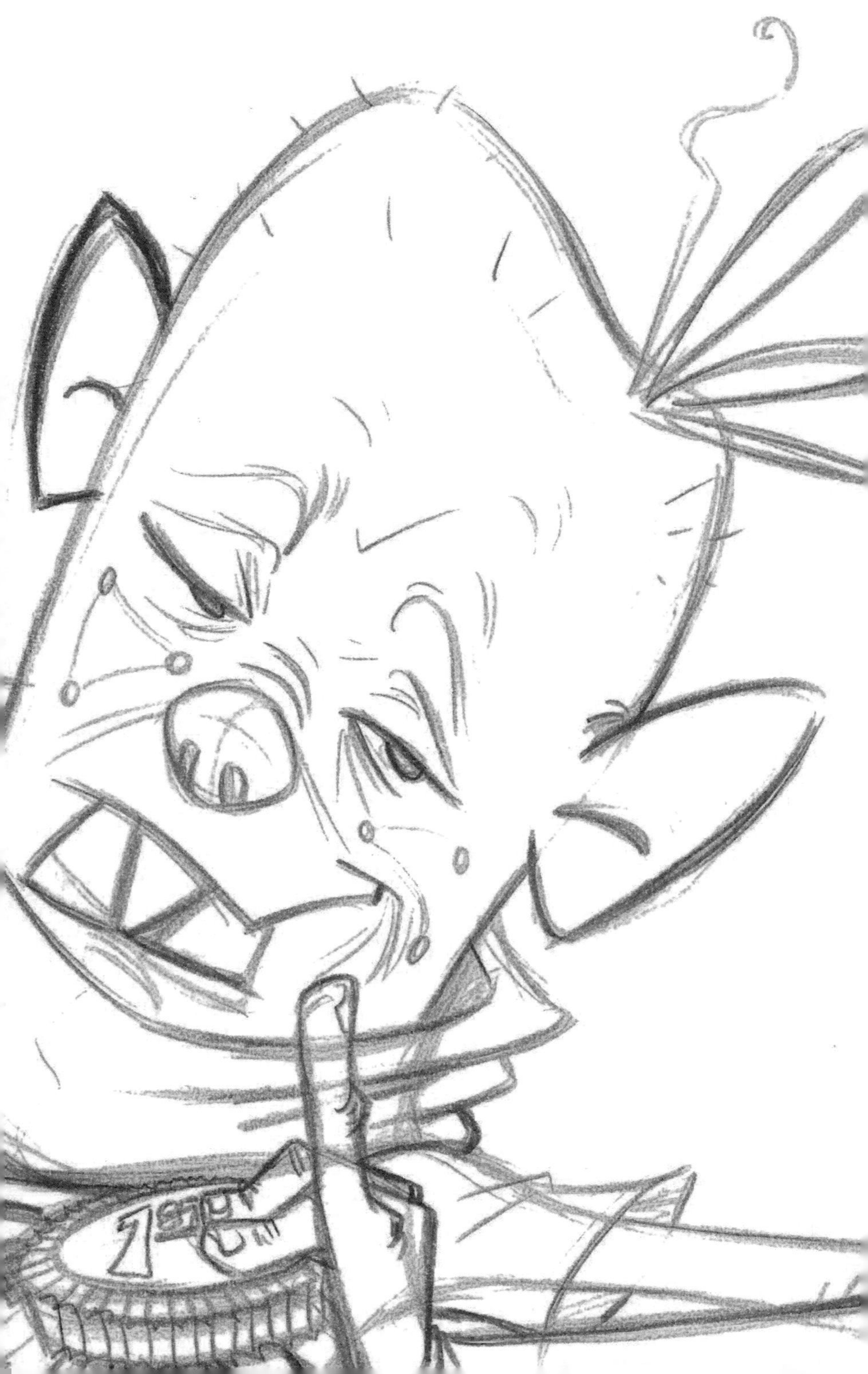

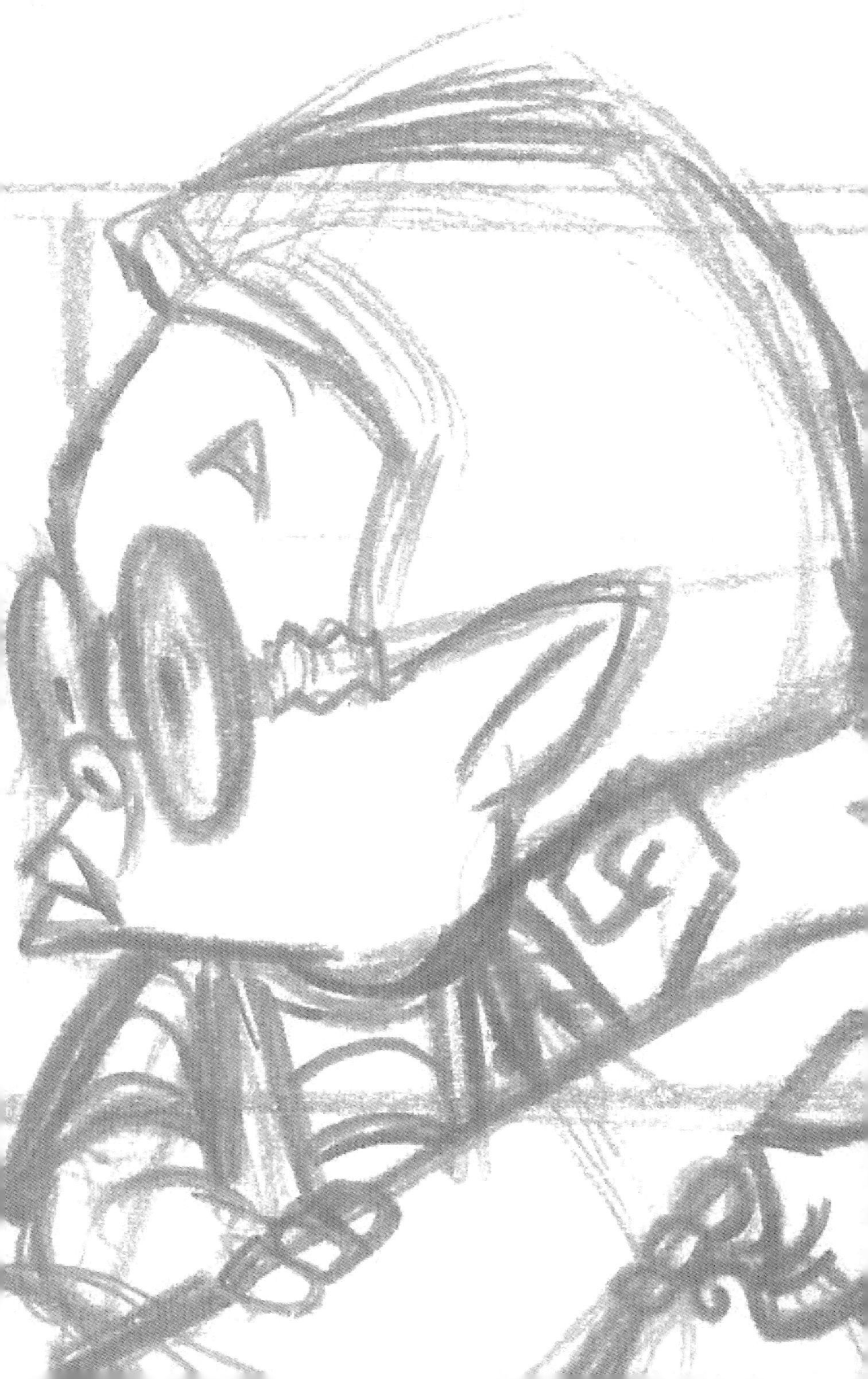

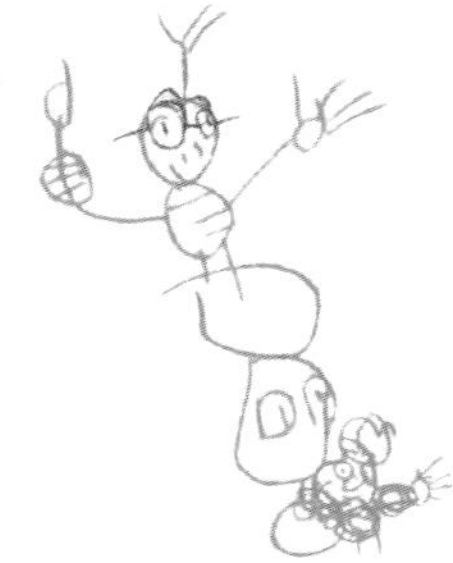
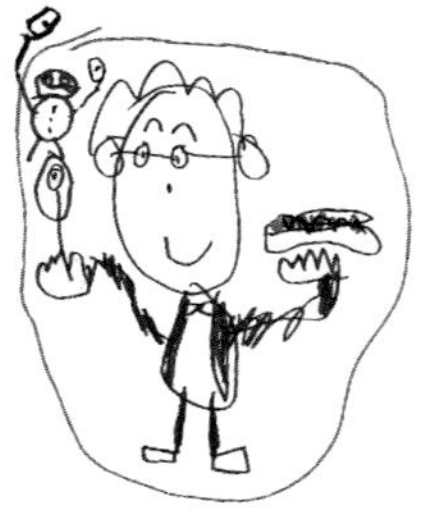
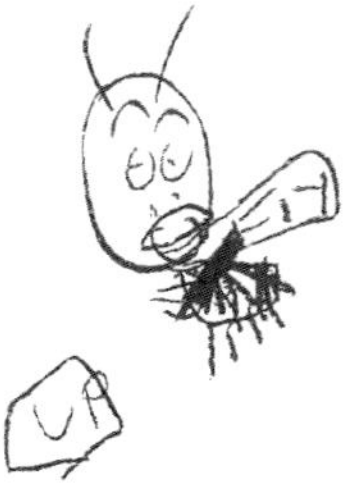
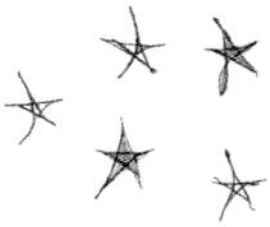
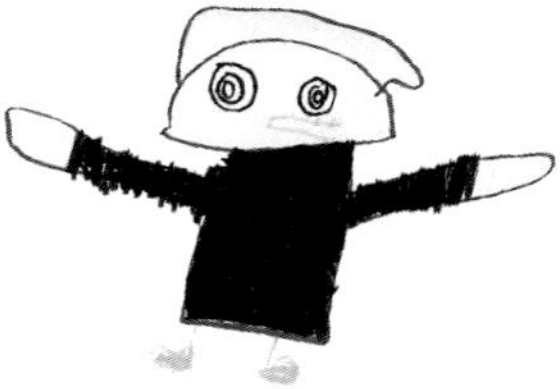
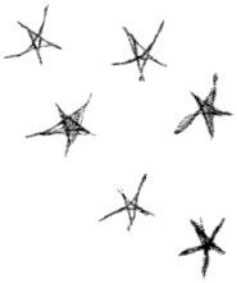
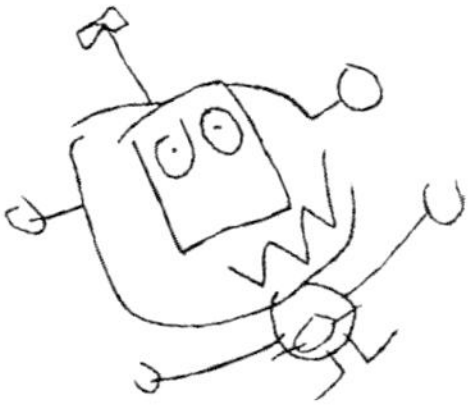
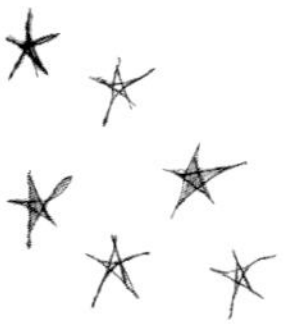
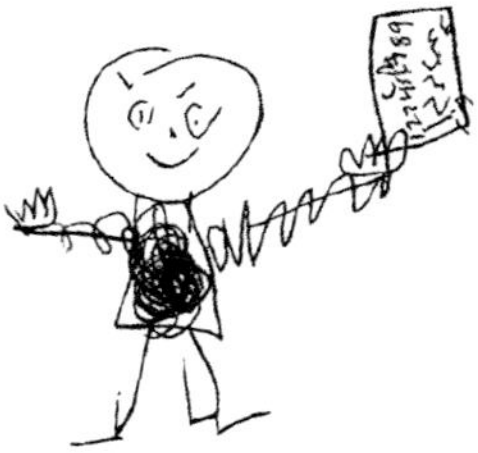
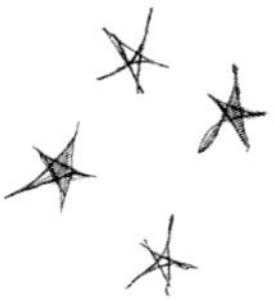
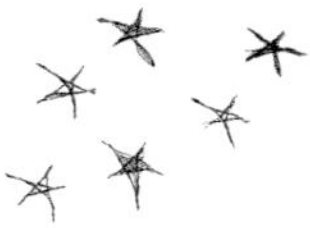
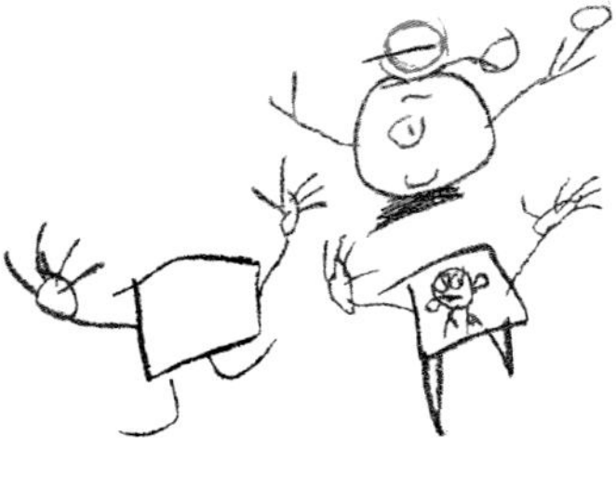
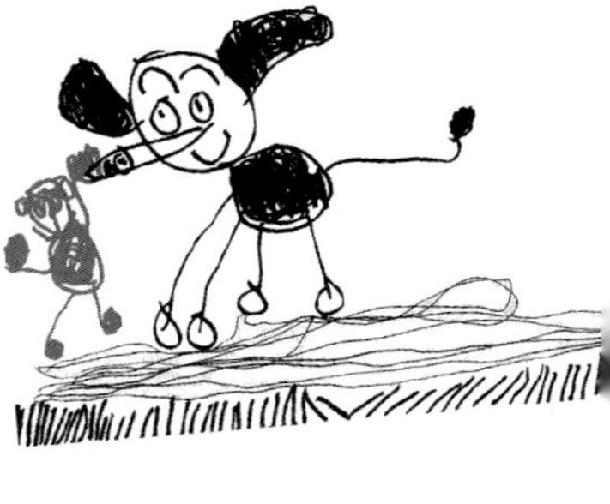